Norma K. Koenig

Liebe falsch · Leiche echt

Norma K. Koenig

Liebe falsch Leiche echt

Kommissar Curd Falck

myshowVerlag

Kapitel 1

2024

Vor ihm lag eine weibliche Person, etwa in seinem Alter, deren Schönheit die unnatürliche Blässe und die verfilzten, nun eher schmutzig braunen, statt blonden Haare offensichtlich nichts anhaben konnten. Unter dem Schmutz auf den Kleidungsstücken konnte er deren Qualität erkennen. Die Hände der Toten waren sorgfältig manikürt, aber sie wiesen Spuren einer längeren Vernachlässigung auf. Einige Fingernägel waren abgebrochen. Auf der Brust machte der Kommissar etwas Rotes, Schleimiges aus. Geronnenes Blut haftete an der dort liegenden und aus dem Mund entfernten Zunge der leblosen Frau. Am Hals der Toten entdeckte er Würgemale. In ihrem Mund befand sich etwas Weißes, das wie zusammengeknülltes Papier aussah.

»Welch furchtbares Szenario hatte sich hier abgespielt?«, fragte er sich. »Wen hatte diese schöne Frau dermaßen in Rage versetzt, dass sie einen solchen Tod finden musste?«

Kommissar Falck, Leiter der Mordkommission in Falkensee, befand sich auf einer, mit rot-weißem Flatterband abgesperrten Lichtung mitten im Spandauer Forst. Er hatte in seiner dreiundzwanzigjährigen Laufbahn schon einiges gesehen, aber dieser Anblick ließ ihn frösteln.

Eine ihm gut bekannte Stimme riss den Kommissar aus seinen Gedanken: »Lassen Sie mich durch, Mann. Ich bin der Gerichtsmediziner. Na, da brat mir doch einer einen Storch. Curd? Was machst du denn hier bei meiner Leiche? Bist du nach Berlin gewechselt?«

Augenblicklich löste sich die Starre in Falcks Körper. Er drehte sich um und begrüßte seinen langjährigen Freund, Paul Gruber, mit einem freundlichen »Hallo Paul. Nein, bin ich natürlich nicht. Aber die Tote scheint ihren Wohnsitz in Schönwalde-Glien gehabt zu haben. Ein Streifenpolizist hat ihr Foto in einer Hochglanzzeitschrift gesehen, kann sich jedoch nicht mehr an den Namen der Frau erinnern. Auf jeden Fall scheint unsere Leiche eine sehr berühmte Persönlichkeit gewesen zu sein. Ich hoffe, die Presse bekommt nicht allzu schnell Wind davon und lässt uns in Ruhe unsere Arbeit erledigen«.

»Ach, deshalb bist du erst mal allein hier?«

»Genau so ist es.«

»Okay. Dann kläre du mal die Zuständigkeiten, und ich mache mir ein erstes Bild von der Leiche«, schlug der Gerichtsmediziner vor.

In dem Moment tauchte einer der Berliner Polizisten durch das Absperrband und richtete sich fragend an den Kommissar: »Guten Tag. Sind Sie Kommissar Falck aus Falkensee?«

Falck nickte. »Und Sie sind?«

»Polizeibeamter Müller, Herr Kommissar. Ich bin hier der Einsatzleiter und hatte in dieser Funktion um Amtshilfe aus Falkensee gebeten.«

»Dann klären Sie mich mal auf, Herr Müller. Wissen Sie inzwischen schon etwas Genaueres?«

»Nein, noch nicht. Wir haben zunächst die Umgebung abgesucht, in der Hoffnung, irgendetwas Brauchbares zu finden, und auch, um auszuschließen, dass sich der Täter noch irgendwo in der Nähe aufhält. Bisher keine Spur.«

»Gut«, entgegnete Falck. »Haben Sie die Spurensicherung schon angefordert?«

»Ja, Herr Kommissar. Das Team müsste jeden Moment eintreffen.«

Wenige Minuten später eilten mehrere Personen, mit Koffern und Taschen ausgerüstet, auf den abgesperrten Tatort zu. Vor dem Absperrband stellten sie ihr Equipment auf den Boden und zogen sich weiße Schutzanzüge über ihre Alltagskleidung. So ausgerüstet begannen sie akribisch mit der Untersuchung des Tatortes und der Sicherung der Spuren.

Ein Bellen drang zu ihnen herüber. Kommissar Falck blickte in die Richtung, aus der das laute Geräusch kam und sah, wie ein Polizist in circa einhundert Metern Entfernung seine liebe Not mit dem Tier hatte. »Was hat es denn mit diesem Hund auf sich?«, wunderte er sich.

»Der gehört zu unserer Zeugin. Er war ausgebüxt und dadurch auf die Leiche gestoßen. Sein Frauchen ist Krankenschwester von Beruf und konnte so den Tod der Frau eindeutig feststellen. Wir haben Sie erst mal in den Streifenwagen gesetzt, damit sie von den Tatorteindrücken Abstand erhält.«

Inzwischen hatte der Beamte das Tier wieder zu seinem Frauchen in den Wagen gesetzt. Wäre das hier nicht ein Tatort, könnte man es jetzt direkt als idyllisch bezeichnen, dachte Falck. Das Spurensicherungsteam arbeitete emsig, jedoch fast geräuschlos. Die Sonne lugte durch das Blätterdach, und in der ihnen gegenüberliegenden Buche zwitscherten die Vögel.

Eine aufgeregte Stimme unterbrach seine abschweifenden Gedanken: »Herr Kommissar, wir haben die Handtasche der Toten im Gebüsch gefunden. Die Frau ist dreiundvierzig Jahre alt und wohnte in Schönwalde-Siedlung.«

Falck sah, dass die Fundstücke bereits für die forensische Untersuchung eingetütet waren. Da die Zuständigkeit nun eindeutig feststand, gab er Anweisung, die Sachen nach Abschluss der Spurensicherung seiner Dienststelle zukommen zu lassen. Außerdem versprach er seinerseits, Mitarbeiter seiner Polizeiwache zur Unterstützung hierher zu beordern.

Der Kriminalkommissar zog sein Handy aus der Tasche, um die Falkenseer Dienststelle darüber in Kenntnis zu setzen.

»Mist«, bemerkte er beim Blick auf das Display. Hier im Wald gab es keinen Empfang. Da nützte ihm nicht einmal das neueste Handy etwas.

»Es tut mir leid, Herr Müller, aber vorerst müssen Sie mit Ihren Leuten auskommen, da ich erst alles in die Wege leiten muss. Aber, ich denke, heute am späten Nachmittag sollte Unterstützung eintreffen«, teilte er dem Einsatzleiter der Berliner Polizei daraufhin mit und entließ ihn wieder an seinen Aufgabenbereich.

Falck blickte in Richtung des Fahrzeuges, in dem die Hundebesitzerin saß. Inzwischen hatte der Beamte das Tier wieder neben seinem Frauchen auf der Rücksitzbank platziert. Gerade zur rechten Zeit, dachte Kommissar Falck. Durch die Autofensterscheibe konnte er das Innere des Wagens gut einsehen. Er stellte fest, dass die Dame von kräftiger Statur war. Sie hielt sich sehr aufrecht und streichelte gedankenverloren ihren Hund. Sie machte nicht den Eindruck, als könnte sie jeden Augenblick zusammenbrechen.

Also winkte der Kommissar den Beamten, der für ihre Betreuung abgestellt war, zu sich. »Herr Kollege, ich bin Kommissar Falck und für die Mordermittlung in diesem Fall zuständig.«

Er las den Namen des Mannes auf dem Schild an seiner Uniform ab und fuhr fort. »Beamter Neumann! Geben Sie bitte Ihrem Einsatzleiter Bescheid, dass ich die Zeugin auf dem Revier in Falkensee befragen werde und Sie mit dem Transport der Dame beauftrage!«

»Natürlich, Herr Kommissar«, erwiderte der Polizist und eilte zur Absperrung.

Kommissar Falck setzte sich währenddessen auf den Fahrersitz des Wagens und erklärte der Zeugin das weitere Vorgehen. Dabei vergewisserte er sich noch einmal, dass es der Frau den Umständen entsprechend gut ging. Beruhigt stellte er fest, dass sie sehr gefasst wirkte.

Endlich war Polizist Neumann zurück und nahm seinerseits den Platz hinter dem Steuer wieder ein. Er startete den Wagen, wendete ihn und brauste davon.

Kommissar Falck ging noch einmal für ein kurzes Update zu seinem Kollegen Paul Gruber.

»Hast du schon was für mich, Paul?«, erkundigte er sich.

»Nichts, was du nicht selbst schon erkennen konntest«, erwiderte der Gerichtsmediziner. »Aber ich kann dir den etwaigen Todeszeitpunkt sagen. Er liegt gestern zwischen zwölf und zweiundzwanzig Uhr.«

»Danke, Paul. Wann meinst du, mehr Ergebnisse für uns zu haben?«

»Ich denke, so in zwei Stunden. Der Wagen für den Abtransport der Leiche ins Institut müsste jeden Augenblick kommen. Dort werde ich gleich mit der Untersuchung beginnen.«

»Gut. Ich werde dir gegen fünfzehn Uhr mit meinem Kollegen Steinmann gemeinsam einen Besuch abstatten. Bis dann, Paul.«

»Bis nachher, Curd.«

Falck beeilte sich, zu seinem Auto zu kommen. Auf der Fahrt nach Falkensee registrierte er einen deutlich stärkeren Verkehr, als das am Vormittag der Fall gewesen war.

Plötzlich fand er sich mit seinem Fahrzeug inmitten eines kilometerlangen Staus in der Spandauer Straße wieder. Auch das noch! Falck reckte den Hals und pochte mit seinem Zeigefinger entnervt auf das Lenkrad. Der Stau schien sich bis hin zum Kreisverkehr am Hellweg Baumarkt zu ziehen. Zur einzigen Alternativroute über die Hamburger Straße war es noch zu weit. Außerdem würde ihm dieser Umweg nichts bringen, da beim Netto in der angrenzenden Seegefelder Straße gebaut wurde. Dort würde er also auch nicht weiterkommen. Es blieb ihm nichts anderes übrig, als zu warten und sich Stück für Stück im Stau voranzutasten. Was für ein Ärger! Hoffentlich warf das jetzt nicht seine komplette Planung über den Haufen. Um sich abzulenken, erkundigte er sich bei seinem Kollegen Steinmann über das Autotelefon, ob Polizist Neumann mit seinen Fahrgästen schon auf dem Revier angekommen war. Da das nicht der Fall war, bat er ihn, alles für die bevorstehende Befragung vorzubereiten. »Und? Steinmann? Veranlassen Sie, dass eine Gruppe Einsatzkräfte in Richtung Tatort im Spandauer Forst ausrückt. Die Kolleginnen und Kollegen sollen sich vom Einsatzleiter vor Ort einweisen lassen!«

Etwas beruhigt, da er nun wenigstens einiges bereits geregelt hatte, legte er auf und ging seine Notizen vom Tatort durch. Der Kommissar besaß die Angewohnheit, alles ihm wichtig Erscheinende im Zuge einer Mordermittlung in einem kleinen Notizbüchlein festzuhalten, welches er stets in seiner Jacketttasche mit sich führte. Einen kleinen schmalen Kugelschreiber trug er ebenfalls immer griffbereit.

»Hm, hm«, sprach er vor sich hin. Die Notizen gaben nicht allzu viel her. Falck wurde das Gefühl nicht los, dass er der toten Frau schon einmal begegnet war. Irgendetwas übersah er. Was konnte das nur sein? Falck zermarterte sich den Kopf.

»Wann geht es denn endlich weiter?«, stieß er laut aus, warf seinen Hut entnervt auf den Beifahrersitz und rutschte unruhig hin und her.

Auf einmal ging ein Ruck durch die Staukolonne, und die Fahrzeuge setzten sich schrittweise in Bewegung.

Blitzschnell startete der Kommissar den Motor und schimpfte vor sich hin: »Wie lange dauert das denn, bis alle so in die Gänge kommen?«

Nach gefühlten Stunden des Hinterherzuckelns konnte er seine Fahrt ungehindert fortsetzen.

Auf der Wache schlug ihm freudiges Hundegebell entgegen, und der Kriminalbeamte sah sich einer lustigen Szenerie gegenüber. Die bellende Fellnase sprang dabei hin und her, während eine Polizistin vom Empfang mit kindlich entzücktem Gesichtsausdruck Leckerlies in die Luft warf, die der Hund geschickt auffing und verspeiste.

»Was ist denn bei euch los?«, fragte Falck, wobei seine Augen verräterisch leuchteten. Wie gern würde er jetzt mitspielen und für einen Augenblick alles andere um sich herum vergessen.

Im Augenwinkel nahm er amüsiert wahr, wie sein Kollege Steinmann sich so weit wie möglich von dem Hund entfernt bewegte, wobei er das Tier nicht aus den Augen ließ.

Die angesprochene Polizistin unterbrach das Spiel und sagte: »Irgendjemand muss sich doch um das Tier kümmern, Herr Kommissar. Darf ich übrigens vorstellen? Das ist Filou. Ohne ihn wäre die Leiche nicht so schnell entdeckt worden, wie mir der Berliner Polizist Neumann bei der Übergabe verriet.«

»So, so, du bist also ein richtiger kleiner Held«, bemerkte Falck und streichelte dem Tier liebevoll über das Köpfchen.

»Und er hat den Schock scheinbar gut überwunden«, erklärte die Polizistin.

»Und sein Frauchen? Wie geht es unserer Informantin? Ich hoffe, Frau Liebig ist bereits bei ihr?«

»Naja, die Frau scheint etwas mitgenommen zu sein. Natürlich ist die Psychologin bei ihr«, entgegnete die Beamtin.

»Dann werden wir sie nicht länger warten lassen. Steinmann, kommen Sie mit!«, ordnete der Kommissar an.

»Und sehen Sie zu, dass Sie das Tier woanders bespaßen! Das hier ist schließlich eine Polizeidienststelle und kein Kindergarten!«, beschied er die tierliebende Polizistin.

Tatsächlich fand Falck die Zeugin in keiner guten Verfassung vor. Sie war weiß wie die Wand, und ihre Augen schimmerten glasig.

»Guten Tag, ich bin Kommissar Falck, und das ist mein Kollege Steinmann«, stellte sich der Beamte vor und reichte der Dame die Hand. »Frau Liebig, unsere Psychologin, kennen Sie bereits. Darf ich Ihnen etwas zu trinken anbieten? Wasser, Kaffee, Tee?« In Gedanken fügte er Schnaps hinzu, den würde er in einer solchen Situation gut vertragen können.

Die Befragte entschied sich kleinlaut für einen Kaffee.

»Steinmann, kümmern Sie sich bitte darum, dass die Dame einen Kaffee bekommt!«, ordnete Falck an. Er wunderte sich sehr, dass noch niemand auf die Idee gekommen war, der bleichgesichtigen Frau etwas zu trinken anzubieten, und schaute Frau Liebig tadelnd an.

Der Kaffee, mit dem sein Kollege schließlich zurückkam, hatte Ähnlichkeit mit einer schwarzen Brühe. Dem Gesicht nach zu urteilen, das die geschockte Frau machte, während sie das Gebräu trank, schmeckte es genauso. Einen Vorteil schien das Zeug allerdings zu haben. Es war so lauwarm, dass die Dame den Inhalt ihrer Tasse in einem Zug hinunterstürzen konnte. Anschließend ging es ihr sichtbar besser, sodass sie in der Lage war, die Fragen des Kommissars zu beantworten.

Falck nahm zunächst ihre Personalien auf: Walerie Körner, wohnhaft in Berlin Spandau, fünfzig Jahre, von Beruf Krankenschwester im Waldkrankenhaus, verheiratet, zwei Kinder.

Als Nächstes fragte er seine Zeugin: »Können Sie sich noch in etwa an die Uhrzeit erinnern, zu der Sie die leblose Frau gefunden haben?«

»Ja, natürlich«, antwortete Frau Körner. »Ich habe gegen zehn Uhr die Gassirunde mit meinem Hund

Filou begonnen. Diesen Luxus langer Spaziergänge durch die Natur kann ich mir nicht oft leisten. Der Schichtdienst als Krankenschwester im Waldkrankenhaus lässt mir wenig Freizeit. Da Filou immer in meiner Nähe bleibt, wenn er im Wald ohne Leine laufen darf, hing ich meinen Gedanken nach, ohne auf den Hund zu achten. Ich war dankbar für die Stille um mich herum.

Plötzlich war der Hund verschwunden.

Hektisch sah ich mich um, konnte aber nichts Ungewöhnliches entdecken. Ich rief nach Filou. Nichts.

Filous Bellen ging in Jaulen über. Ich begann zu frieren. Gänsehaut überzog meinen Körper, und ein hartes, pochendes Prickeln schob sich vom Rücken über meinen Nacken zu meinem Kopf hinauf. Ich hatte das Gefühl, als würden meine Haare zu Berge stehen.

Ich nahm all meinen Mut zusammen und folgte vorsichtig Filous Spur. Immer tiefer drang ich ins Dickicht vor, in Erwartung einer plötzlich aus dem Unterholz stürmenden Herde von Wildtieren. Ich rief verzweifelt nach dem Hund.

Nach einer gefühlten Ewigkeit entdeckte ich das Tier auf einer kleinen Lichtung.

Neben dem inzwischen winselnden Filou nahm ich den leblosen Körper eines Menschen wahr. Inzwischen waren schätzungsweise seit dem Beginn des Waldspaziergangs etwa dreißig Minuten vergangen.«

Kommissar Falck notierte sich die Uhrzeit in seinem Notizbuch. Dann erkundigte er sich: »Wie haben Sie die getötete Frau vorgefunden, und woher nahmen Sie die Gewissheit, dass sie tot war?«

»Das kann ich Ihnen genau sagen«, erklärte Walerie Körner. »Die Augen der scheinbar weiblichen Person starrten ins Leere und an ihrem Hals entdeckte ich Würgemale. Sie lag der Länge nach ausgestreckt auf dem Boden mit dem Gesicht nach oben, und ihre Hände waren sittsam auf dem Bauch gefaltet. Aus dem Mund der Frau quoll geronnenes Blut. Auf ihrer Brust lag etwas kleines Schleimiges, das ebenfalls blutdurchtränkt war. ›Das ist doch nicht etwa‹, dachte ich und wagte den Gedanken kaum zu Ende zu denken, ›... eine Zunge, ... ihre Zunge‹?

Geistesgegenwärtig schnappte ich Filou an seinem Halsband, sprach beruhigend auf ihn ein und machte ihn am Baum fest. Danach trat ich langsam etwas näher an die Unglücksstelle heran und vergewisserte mich. Es handelte sich tatsächlich um eine Frau. ›Reiß dich zusammen!‹, befahl ich mir selbst. ›Schau nicht auf die Zunge!‹

Mit zittrigen Händen untersuchte ich die Person und hoffte auf ein Lebenszeichen. Es war doch etwas anderes, einen leblosen Körper im Wald vor sich zu haben, anstatt auf der Station im Krankenhaus.

Schließlich schaffte ich es doch, den Frauenkörper auf ein eventuelles Lebenszeichen zu untersuchen. Aber hier kam jede Hilfe zu spät. Die Person war eindeutig tot.«

Diese Angaben von Walerie Körner bestärkten den Kommissar in der Annahme, dass der Täter schon über alle Berge sein musste. Denn Frau Körner hätte unmöglich den Fund der Leiche direkt vom Tatort aus melden können, da es dort, mitten im Wald, keine Möglichkeit zum Telefonieren gab. Selbst ein modernes Handy, wie er schmerzlich am eigenen Leib zu spüren bekam, fand dort kein Netz. Sie musste sich also zur Meldung bei der Polizei von der Fundstelle wegbewegen.

Ein weiteres Indiz lieferten die Lage und die gefalteten Hände der Toten. Genauso wie die Befragte die Leiche vorgefunden hatte, lag sie auch noch da, als er sie am Tatort begutachtete.

»Verspürten Sie keine Angst, dass der Täter noch in der Nähe sein könnte?«, hakte Falck trotzdem nach.

»Nein«, erwiderte Frau Körner, »daran habe ich überhaupt nicht gedacht. Ich war so mit der Untersuchung der Frau beschäftigt, dass ich alles andere um mich herum ausblendete, selbst den immer noch winselnden Hund. In der Aufregung hatte ich außerdem vollkommen die Zeit vergessen. Ich kramte mein Handy aus der Jackentasche, um nach der Uhrzeit zu sehen. Na toll, kein Netz! Ich überlegte fieberhaft, was ich jetzt tun könnte. Irgendwie musste es mir gelingen, die Polizei zu informieren.

Mit dem störrischen, verängstigten Tier im Schlepptau begab ich mich zurück zum Weg und versuchte, mir die Umgebung einzuprägen. Ich folgte dem Weg in Richtung Schönwalder Allee. Meine Schritte wurden dabei immer schneller. Als ich endlich das knallige Rot meines kleinen Smart durch die Bäume schimmern sah, rannte ich schließlich die letzten Meter bis zur Straße.

Endlich hatte ich wieder ein Netz. Jetzt war es exakt 10.48 Uhr. Ich wählte die Nummer der Polizei und meldete den Vorfall.

Nur zehn Minuten nach dem Anruf fuhren mehrere Polizeifahrzeuge vor. Ich durfte im ersten Wagen Platz nehmen, der die Fahrzeugkolonne in Richtung der Unglücksstelle anführte.«

Als Walerie mit ihrer Schilderung fertig war, überflog der Kommissar kurz die Aufzeichnungen in seinem Notizheft. Er ließ sich das von seinem Kollegen am Computer geschriebene und ausgedruckte Protokoll reichen, verglich es mit seinen Notizen und nickte zufrieden.

»Frau Körner, schauen Sie noch mal, ob alles seine Richtigkeit hat«, bat Falck, während er das Protokoll an sie weiterreichte.

Er drückte ihr einen Kugelschreiber in die Hand und schaute auf seine Armbanduhr. Mist, schon so spät! Mir läuft die Zeit davon, schoss es ihm durch den Kopf. Ihn hielt nun nichts mehr auf seinem Schreibtischstuhl. Er sprang auf, stellte sich hinter Frau Körner und sah ihr ungeduldig beim Lesen des Protokolls über die Schulter. Kaum war Waleries Unterschrift auf dem Schriftstück, riss er es ihr aus der Hand und bedeutete Frau Liebig mit einem unmissverständlichen Kopfnicken, die Zeugin nach draußen zu begleiten.

Hinter der geschlossenen Bürotür vernahm Falck lautstarkes Hundegebell, als Filou sein Frauchen begrüßte, als hätte er sie seit Tagen nicht gesehen.

Trotzdem der Kommissar in arger Zeitnot war, konnte er sich ein Schmunzeln nicht verkneifen. Er liebte Hunde über alles, war förmlich vernarrt in sie. Als Kind hatte er sich immer wieder einen Hund gewünscht, traf mit diesem Wunsch jedoch bei seiner Mutter nur auf taube Ohren. Später in der Ausbildung und jetzt im Job fehlte ihm schlichtweg die Zeit, um sich ausreichend um ein solches Tier kümmern zu können. Also kam es für den Kommissar nicht in Frage, sich einen Hund anzuschaffen.

Falck blickte erneut auf die Uhr. Er musste noch kurz zur Toilette, bevor er mit dem Kollegen zu Gruber nach Berlin aufbrechen konnte. Auf dem Weg dorthin bekam er im Vorbeigehen mit, wie warmherzig und zugleich professionell seine Kollegin, Frau Liebig, die ihr Anvertraute verabschiedete.

»Fühlen Sie sich in der Lage, von dem Waldweg aus, an dem Ihr Auto steht, allein nach Hause zu fahren, oder sollen wir Ihren Mann verständigen?«, erkundigte sie sich bei Frau Körner.

Als Frau Körner verneinte, bestellte sie ihr einen Streifenwagen, der sie zu der Stelle im Spandauer Forst fahren würde.

Kapitel 2

2024

Am nächsten Morgen hatte die Nachricht vom Leichenfund im Spandauer Forst auf Waleries Arbeitsstelle die Runde gemacht.

Bereits auf dem Parkplatz vor der Klinik traf die unfreiwillige Zeugin auf ihre Kollegin und beste Freundin Sophie.

»Warum hast du mich denn gestern nicht angerufen?«, fragte sie und wedelte aufgeregt mit einer Zeitung vor ihrer Nase herum, kaum, dass die Freundin die Autotür geöffnet hatte. »Du musst doch vollkommen fertig sein.«

Walerie blieb sitzen, nahm wortlos die Zeitung entgegen und überflog den Artikel auf der Titelseite. Sie seufzte erleichtert auf. Für einen kurzen Augenblick hatte sie befürchtet, ihr Name würde in dem Artikel erwähnt werden. In der Zeitung berichtete man jedoch nur von einer Zeugin, die die Leiche einer Frau im Spandauer Forst gefunden hatte.

»Wie kommst du darauf, dass ich diese Zeugin gewesen sein könnte?«, fragte sie ihre Freundin.

Sophie entgegnete: »Du bist doch jeden Freitag zu dieser Zeit mit deinem Hund Filou in diesem Waldgebiet. Sag schon, hast du die tote Frau gefunden?«

Walerie nickte traurig. Eigentlich beabsichtigte sie, niemandem von der Sache zu erzählen. Vor allem Sophie gegenüber wollte sie Schweigen bewahren, da die Freundin in ihrem bisherigen Leben wahrlich genug durchmachen musste. Da sollte sie jetzt nicht ihr furchtbares Erlebnis mitverarbeiten müssen. Seitdem der einzige Mann, den Sophie jemals liebte, spurlos verschwand, benötigte die Freundin immer wieder eine starke Schulter zum Anlehnen. Vor kurzem jährte sich der Tag seines Verschwindens zum zwanzigsten Mal, und Sophie vergoss erneut bittere Tränen.

Walerie erwies sich immer als die Starke. An ihrer Brust konnte sich Sophie ausweinen.

Aber jetzt, wo sie es ihrer Freundin erzählte, wurde Walerie schlagartig bewusst, dass sie nun Trost brauchte. Sie fühlte sich plötzlich sehr verletzbar und überhaupt nicht mehr stark. Also begann sie, von ihrem schrecklichen Fund zu erzählen, und beschrieb Sophie alles bis ins kleinste Detail.

Nachdem sie sich alles von der Seele geredet hatte, sackte Walerie auf ihrem Fahrzeugsitz zusammen. Sie spürte, wie ihr sämtliche Farbe aus dem Gesicht entwich.

Sophie, die wie gebannt vor der geöffneten Fahrertür stand, presste hervor: »Du Arme, das ist schrecklich.«

Mit festem Griff zog sie ihre Freundin aus dem Sitz hoch und nahm sie beschützend in den Arm.

Kapitel 3

2024

Marie wollte gerade den Schlüssel im Schloss der Wohnungstür ihrer schönen Zwei-Raum-Dachgeschosswohnung in Hakenfelde umdrehen, da öffnete sich diese wie von selbst.

Hans hatte bereits auf sie gewartet. Er war seit zehn Jahren mit Marie verheiratet und erkannte sofort, in welcher schlechten Stimmung seine Frau war. Wortlos schloss er die Tür und nahm sein Mädchen in seine Arme.

»Denkst du immer noch an das Treffen mit Ida?«, flüsterte er Marie ins Ohr und strich ihr liebevoll über den Kopf.

Marie schluchzte und konnte die Tränen nun nicht mehr zurückhalten. »Ich verstehe doch selbst nicht, warum ich mir das immer wieder gefallen lasse«, presste sie stockend hervor, »Ida pfeift, und ich springe. Dabei lässt sie mich nie richtig an sich heran. Sie behandelt mich wie den letzten Dreck. Ich darf sie begleiten, wenn sie irgendwo nicht allein hingehen möchte. Zu ihren großen Galaveranstaltungen nimmt sie mich jedoch nie mit. Dafür bin ich ihr nicht gut genug. Passt auch nicht mit meinem Outfit. Aber bei unserer letzten Begegnung war es zu Beginn anders. Sie wirkte verunsichert, was jedoch nicht lange anhielt. Später war sie wieder so gemein wie immer, und ich konnte es nicht mehr aushalten. Und nun meldet sie sich gar nicht mehr. Sie ist wie vom Erdboden verschluckt.«

Marie ließ sich verzweifelt von den starken Armen ihres Mannes halten, bis das Schluchzen nachließ und die Tränen versiegt waren.

»Komm mit ins Wohnzimmer, Schatz«, bat Hans. »Wir machen es uns auf der Couch gemütlich und du versuchst, deine Sorgen für eine Weile zu vergessen, in Ordnung?«

Marie nickte und ließ sich bereitwillig mitziehen. Als sie das Wohnzimmer betrat, schrie sie vor Entzücken auf.

»Oh, wie schön! Du bist ein Schatz. Ich liebe dich so sehr.«

»Ich liebe dich auch, mein Stern«, erwiderte Hans und küsste Marie auf den noch leicht geöffneten Mund.

Verzückt schaute sie sich nun die gelungene Überraschung genauer an.

Sie fand den Couchtisch für ein gemeinsames Abendessen gedeckt vor. Auf dem Beistelltischchen sah Marie eine geöffnete Flasche Sekt im Kühler stehen. Daneben entdeckte sie zu ihrer Freude die beiden Kelche, die sie seit ihrer Hochzeit ihr Eigen nannten, mit ihrer beider Namen als Gravur. Rosenblätter zierten das Tischchen und die Couch.

Nun glitzerten erneut Tränen in Maries Augen, diesmal jedoch vor Rührung. Mit ihrem Mann hatte sie das große Los gezogen. Er fing sie jedes Mal auf, wenn sie am

Boden zerstört nach Hause kam, wobei ihre Niedergeschlagenheit meistens mit dem unfairen Verhalten ihrer Freundin Ida zusammenhing.

Hans drückte seine geliebte Ehefrau jetzt sanft auf die Couch und goss den Sekt ein. »Auf uns!«, rief er und reichte Marie zum Anstoßen ihr Glas. Dabei schaute er ihr liebevoll in ihre bezaubernden blaugrünen Augen. Hans freute sich, ein Lächeln auf die Lippen seiner Frau gezaubert zu haben. Er nahm ihr das Glas, welches Marie in einem Zug geleert hatte, aus der Hand und stellte es auf den Tisch zurück. »Und nun wünsche ich dir einen guten Appetit! Lass es dir schmecken, mein Liebling!«

Das ließ sich Marie nicht zweimal sagen. Sie langte tüchtig zu. Ihr Mann hatte wirklich an alles gedacht.

»Ist das lecker! So viele Köstlichkeiten!«, rief sie begeistert aus. »Sogar meine geliebten Oliven in Kräutermarinade ohne Knoblauch hast du für mich besorgt.«

Hans strahlte übers ganze Gesicht. »Du bist es hundertprozentig wert, mein Liebes«, hauchte er ihr ins Ohr. »Ist dein erster Hunger gestillt? Ich habe jetzt unbändigen Appetit auf etwas anderes. Kannst du dir vorstellen, worauf?«, flüsterte er und liebkoste Maries Ohrläppchen.

Er zog sie hoch und schob sie sanft in Richtung Schlafzimmer. In diesem Moment waren Ida und ihre Probleme komplett vergessen. Marie empfand nur noch Dankbarkeit und Liebe diesem fantastischen Mann gegenüber, den sie ihren Ehemann nennen durfte. Sie ließ sich fallen und von ihrem Schatz verwöhnen, bis sie in einen unruhigen Schlaf fiel.

Marie wachte immer wieder auf. Schließlich setzte sie sich auf die Bettkante und vergrub ihr Gesicht in ihren Händen.

Als Hans die Augen aufschlug und seine Frau in dieser Position vorfand, setzte er sich neben sie und fasste ihre Hand. Sein Blick wurde ernst. Er wusste, dass seine Marie erst richtig zur Ruhe kommen würde, nachdem sie sich alles von der Seele geredet hatte. Daher forderte er sie jetzt auf, und seine Stimme duldete keinen Widerspruch: »Liebes, bitte erzähl mir alles, was passiert ist! Vorher kommst du doch nicht zur Ruhe.«

Also begann Marie von ihrem Nachmittag im Café und den beängstigenden Botschaften, die Ida erhalten hatte, zu berichten. Mit zitternder Stimme und sich beim Reden fast überschlagend, fuhr sie fort: »Auch am nächsten Tag hörte ich kein Lebenszeichen von Ida. Also beschloss ich, zu ihrem Anwesen nach Schönwalde-Glien zu fahren. Die feine Dame ließ sich nie zuvor dazu herab, mich dorthin einzuladen. Ich kannte das Haus nur von Beschreibungen in Hochglanzmagazinen. Jetzt wollte ich unbedingt nach dem Rechten sehen. Ich hoffte, dass diese eigenartigen Botschaften nicht den Grund darstellten, weshalb Ida sich nicht meldete. Vielleicht war sie untergetaucht, um den Botschaften aus dem Weg zu gehen? Die Polizei wollte sie offensichtlich nicht zu Rate ziehen. Trotzdem nahm ich mir vor, der Sache auf den Grund zu gehen. Ich setzte mich in meinen Renault Twingo und fuhr zur Villa der Familie Wöller. Als ich vor dem Einfahrtstor angekommen war, stieg ich aus dem Wagen und schaute ehrfürchtig über den breit gesäumten Einfahrtsweg zur Fensterfront des Hauses. Schließlich gab ich mir einen Ruck und klingelte am Tor. Natürlich war dieses Anwesen mit einer Schließanlage und einer Kamera ausgestattet. Es knackte im Lautsprecher und eine männliche Stimme erkundigte sich, wer ich denn sei. Ich stellte mich vor und fragte, ob meine Freundin Ida Wöller zu Hause sei. Die Stimme am anderen Ende antwortete, dass die gnädige Frau nicht im Haus sei und man keine weitere Auskunft erteilen könne.

Unverrichteter Dinge machte ich mich auf den Weg zurück.«

Hans hörte aufmerksam zu und nickte von Zeit zu Zeit.

Auf einmal stockte seine Frau, überlegte einen Augenblick und dachte dann laut nach: »Weißt du, mein Schatz, wenn ich jetzt darüber nachdenke, fällt mir auf, dass es jemanden geben muss, der sich das herablassende Verhalten von Ida nicht mehr gefallen lassen möchte. Findest du nicht auch? Sie muss es bei irgendwem richtig übertrieben haben, wenn er so eine Botschaft sendet. Ich verstehe nicht, warum sie partout nicht zur Polizei gehen möchte. Stattdessen taucht sie einfach ab. Vielleicht glaubt sie, dass sich alles in Luft auflöst, wenn sie nur lange genug von der Bildfläche verschwindet. Sie ist sich ihrer Sache sehr sicher und fühlt sich scheinbar unverwundbar.«

»Na ja, ein bisschen Angst muss sie schon haben, sonst hätte sie dir nichts davon erzählt. Außerdem zeigt ihr plötzliches Verschwinden, dass die Drohbotschaften nicht spurlos an ihr vorübergegangen sein können. Ich finde auch, dass sie damit zur Polizei gehen sollte. Aber, was willst du machen? Du kannst sie nicht hinschleifen. Heimlich zur Polizei gehen und eine anonyme Anzeige aufgeben funktioniert ebenfalls nicht. Das würde sie irgendwann merken, und dann kannst du dich festhalten. Sie nimmt auch keine Ratschläge von dir an. Und nun hat sie sogar den Kontakt zu dir vollkommen abgebrochen. Also, Liebling, du kannst es drehen und wenden, wie du willst. Du kannst ihr in dem Fall nicht helfen.«

Marie hatte gar nicht bemerkt, dass ihr Mann inzwischen aufgestanden war und in zwei Meter Entfernung vor ihr auf und ab lief. An seinem Hals entdeckte sie rote Flecken, die er sonst nur bekam, wenn er sich über etwas schrecklich aufregen musste.

»Sei doch froh, dass sie nicht da ist«, platzte er heraus. Dabei baute er sich breitbeinig vor seiner Frau auf und schaute sie herausfordernd an. »So wirst du endlich nicht mehr herumkommandiert. Sie war nie eine Freundin für dich, sondern hat dich immer nur ausgenutzt und in ihre Hänseleien mit reingezogen. Wie oft hast du dich für das geschämt, was Ida getan hat. Wer weiß? Vielleicht bist du ihr jetzt vollkommen egal geworden. Du hast mir doch erzählt, dass du sie im Café sitzen gelassen hast. Und das Rätsel um die geheimen Botschaften konntest du auch nicht lösen. Ich würde mich an deiner Stelle nicht verrückt machen.«

»Der Polizeibeamte hat auch gesagt, dass sie bei der Faktenlage keine Anzeige aufnehmen«, berichtete Marie kleinlaut.

»Was? Du warst doch bei der Polizei?« Hans Flecken am Hals waren inzwischen dunkelrot und gingen ineinander über. Er trat noch einen Schritt dichter an Marie heran. »Was soll das denn? Willst du dich lächerlich machen?«

»Aber Schatz, seit drei Tagen ist sogar das Handy nicht mehr erreichbar«, jammerte Marie.

»Ich sag doch, sie will nichts mehr von dir wissen. Und nun lass gut sein und hör auf, dich verrückt zu machen!«, befahl er, packte sie an den Schultern und schüttelte sie.

Marie wich instinktiv ein paar Schritte zurück. So hatte sie ihren Mann noch nie erlebt.

»Liebling, du machst mir Angst«, wimmerte sie und rieb sich die schmerzenden Schultern.

Plötzlich änderte sich der Gesichtsausdruck ihres Mannes wieder, und zurück war der warmherzige Schatz, den sie über alles liebte.

»Entschuldige bitte, mein Engel«, bat er. »Ich weiß nicht, was in mich gefahren war. Ich wollte dir nicht wehtun. Kannst du mir bitte noch einmal verzeihen? Es macht mich nur so unsagbar wütend, dass du dir um diese Frau, die dich bisher nur rumgeschubst hat, solche Gedanken machst. Also, lass es bitte gut sein und vergiss Ida!«

Er trat langsam auf sie zu und breitete seine Arme aus. Marie ließ sich hineinsinken und vergrub ihr Gesicht an seinem Bademantelkragen.

»In Ordnung, ich werde versuchen, nicht mehr an Ida zu denken«, versprach sie und drückte ihm ein Küsschen auf die Wange.

Kapitel 4

2024

»Steinmann, kommen Sie mit!«, rief Kommissar Falck seinem Kollegen im Laufen zu, während er sich sein Jackett überwarf.

Der Mai war schon weit fortgeschritten, und die warmen Temperaturen legten gerade eine Pause ein. Falck fragte sich, ob das die Eisheiligen sein können. Er konnte sich nicht mehr genau erinnern, an welchem genauen Datum dieses Wetterphänomen alljährlich auftrat. Das würde er später unbedingt recherchieren. Jetzt mussten sie erst einmal los ins Rechtsmedizinische Institut nach Berlin.

»Was gibt es denn so Dringendes?«, fragte Steinmann.

»Wir müssen bis fünfzehn Uhr bei Paul Gruber in Berlin sein«, antwortete Falck.

»Wie machen Sie das nur, Herr Kommissar? Dieses Gehetze von früh bis spät, ohne sich eine Mahlzeit zu genehmigen. Ich muss noch schnell einen Happen essen, sonst kann ich keinen klaren Gedanken mehr fassen.«

Resigniert rollte sein Vorgesetzter mit den Augen. »So viel wie Sie kann doch kein Mensch vertragen, Steinmann. Meinetwegen essen Sie im Auto. Ich fahre. Sonst kommen wir am Ende doch noch zu spät.«

Circa vierzig Minuten später kamen sie am Rechtsmedizinischen Institut an. Sie passierten die Treppe in die zweite Etage und durchquerten den Eingangsbereich zum zweiten Obergeschoss. Dort wurden sie von der Mitarbeiterin, der sie bereits angekündigt waren, in den Warteraum durchgewunken.

Paul Gruber, den Falck schon seit der Schulzeit kannte, empfing sie an der Tür. »Hallo Curd«, begrüßte er seinen langjährigen Freund. »Ich habe während der Fahrt vom Tatort bis hierher überlegt, wann wir uns das letzte Mal bei Lieschen gesehen haben. Das ist schon eine Ewigkeit her.«

Er wandte seinen Blick kurz in Richtung des Kollegen Steinmann und begrüßte ihn mit einem Kopfnicken.

»Keine Zeit«, erwiderte Falck. »Du siehst doch, dass wir alle Hände voll zu tun haben. Was hast du für uns, Paul?«

Der Gerichtsmediziner führte die Falkenseer Beamten in den Obduktionsraum. Beim Betreten des Raumes schlug ihnen beißender Formaldehydgeruch entgegen.

Kommissar Falck hielt sich eins dieser altmodischen Stofftaschentücher vor Mund und Nase, die eigentlich komplett aus der Mode gekommen waren. Er besaß einen kleinen Vorrat dieser Relikte aus Omas Zeiten und trug eigens für solche Zwecke immer eins davon vorsorglich in der Hosentasche mit sich herum.

Steinmann hatte nicht derartig vorgesorgt und blieb wie angewurzelt an der Tür stehen. Er stützte sich am Türrahmen ab und rang hörbar nach Luft.

»Ist Ihnen das Essen vorm Magen stehen geblieben? Wollen Sie lieber draußen warten?«, fragte der Kommissar und sah dabei ziemlich verärgert drein.

»Nein, es geht gleich wieder«, versicherte Steinmann. Er straffte seine Schultern und richtete sich auf. Er atmete einmal tief durch, wobei sich seine Nase kräuselte und seine Augen zu laufen begannen. Schließlich lief er Gruber und Falck tapfer hinterher.

Je weiter sie in den Sezierraum hineingingen, umso stärker wurde der beißende Geruch mit eisiger Kälte kombiniert.

Auf dem Seziertisch lag die Leiche einer weiblichen Person. Die Untersuchung war abgeschlossen und Gruber hatte bereits die eröffneten Körperbereiche mittels sauberer Nähte verschlossen.

»Weibliche Leiche, dreiundvierzig Jahre alt, feine Haut, Zähne alle noch natürlich, Gebiss vollständig und intakt, Finger- und Zehennägel manikürt, Fingernägel zum Teil abgebrochen. Keine inneren Verletzungen. Würgespuren am Hals. Herausgetrennte Zunge, postmortal.

Todeszeitpunkt: Donnerstag, 23.05.2024, zwischen achtzehn und einundzwanzig Uhr. Diesen Zettel haben wir im Mundraum der Leiche gefunden.«

Herr Gruber reichte ein zerknittertes Stück Papier, beschrieben mit schwarzer, zum Teil zerlaufener Tinte an den Kommissar weiter.

»Auf dem Zettel stehen nur Zahlen. Leider sind aufgrund der verlaufenen Tinte nicht mehr alle zu entziffern«, stellte dieser fest und las vor: »Neun, Fünf, das Nächste könnte eine Zwei oder eine Fünf sein, die Nächste ist gar nicht mehr lesbar, und zum Schluss erkenne ich, glaube ich zumindest, viermal die Null!«

»Das ist rätselhaft. Sagt Ihnen das was, Herr Kommissar?«, fragte Steinmann und versuchte, ein paar Tränen aus seinen Augen wegzublinzeln.

Falck schüttelte den Kopf, wobei er unverwandt auf das Stück Papier schaute. Dann richtete er sich noch mal an Gruber: »Haben die Kollegen aus Berlin die Papiere der Leiche mitgeschickt?«

»Ja, ich habe hier eine Tüte, die soll ich euch geben«, antwortete er.

Kommissar Falck las die Aufschrift auf der Tüte.

Beim Vorlesen des Namens der Toten wurde der Kollege Steinmann blass um die Nase. »Das gibt es doch nicht«, hauchte er und musste sich am Tisch festhalten.

»Um Gottes Willen, Steinmann, was ist denn mit Ihnen? Sie machen mir doch nicht schlapp?!«, fragte Falck jetzt sehr besorgt.

»Herr Kommissar, ich habe den Namen der Person schon einmal gehört«, flüsterte Steinmann. »Ida Wöllers Freundin wollte die Dame vor knapp einer Woche als vermisst melden. Die Faktenlage ließ jedoch keine Anzeige zu. Hätte ich das doch bloß weitergeleitet. Vielleicht würde die Frau jetzt noch leben.«

Der Kommissar legte seinem Kollegen eine Hand auf die Schulter und beruhigte ihn: »Steinmann, Sie trifft keine Schuld. Wie hätten Sie denn so etwas ahnen können? Wir sind Polizisten und keine Hellseher, und wir müssen uns an die gesetzlichen Vorgaben halten. Wissen Sie noch, wie die Freundin hieß?«

»Ihr Name war Marie, das habe ich mir gemerkt, aber leider nicht den Nachnamen.«

»Wir fahren jetzt erst mal aufs Revier, und danach sehen wir weiter«, schlug Falck vor.

Sie verabschiedeten sich von Gruber und verließen das Institut. Auf dem Weg zum Auto kehrte langsam die Farbe in Steinmanns Gesicht zurück.

Während der Fahrt mit dem Auto zum Polizeirevier saß Kommissar Falck tief in Gedanken versunken auf dem Beifahrersitz. »Natürlich!«, rief er plötzlich aus und grinste bis über beide Ohren. »Ida und Marie, so hießen die beiden Mädchen, von denen uns Christian Ackerfelds Eltern nach dessen Verschwinden erzählt hatten. Ich hatte die beiden Damen seinerzeit zu dem Sachverhalt befragt. Jetzt ist mir klar, warum mir die ermordete Frau so seltsam bekannt vorkam. Wir müssen nur die Akten von damals raussuchen, darin finden wir auf jeden Fall den Nachnamen dieser Marie.«

Kapitel 5

2024

Beim Frühstück warf Marie einen Blick in die Tageszeitung. Plötzlich begannen ihre Hände zu zittern und krampften sich so an den Zeitungsrändern fest, dass das Weiß der Fingerknöchel hervortrat. Ihre Augen überflogen immer wieder denselben Artikel über einen Leichenfund im Spandauer Forst.

Ein furchtbarer Schreck fuhr ihr durch sämtliche Gliedmaßen. Eine instinktive Angst, dass es sich bei der gefundenen Frau um ihre Freundin Ida handeln könnte, machte sie fast bewegungsunfähig.

Sie lockerte ihren Griff erst, als ihr Mann Hans seine Finger beruhigend und warm um die ihren legte und sie besorgt ansah.

»Was ist mit dir, mein Liebling?«, fragte er. »Du siehst aus, als hättest du einen Geist gesehen.«

»Ida … Ida …«, stammelte Marie. »Es kann sich nur um Ida handeln.« Wortlos reichte sie die Zeitung an Hans weiter. Ihr Mann überflog den Artikel und schaute seine Frau ungläubig an. »Du meinst doch nicht im Ernst, dass die gefundene Frau Ida sein könnte. Schatz, was ist los? Jetzt geht die Fantasie mit dir durch. Du hast eindeutig zu viele Krimis gesehen.«

»Ich habe so ein komisches Gefühl, das ich nicht erklären kann. Irgendetwas sagt mir, dass Ida nicht mehr am Leben ist.«

»Wäre es denn nicht besser für dich, wenn Ida nicht mehr auftauchen würde?«, wandte ihr Mann ein. »Du hast dich doch immer schlecht gefühlt, wenn du von einem Treffen mit ihr zurückgekehrt warst. Vollkommen am Boden zerstört warst du manchmal. Das wäre vorbei, wenn diese eigenartige Freundin nicht mehr auftauchen würde. Meinst du nicht auch, mein Liebling?«

»Ja, es stimmt«, erwiderte Marie. »Sie hat mich immer ziemlich mies behandelt. Ich habe mich oft sehr über sie geärgert. Aber deshalb würde ich es trotzdem entsetzlich finden, wenn sie jemand umgebracht hätte.«

Sie blickte ihren Schatz zweifelnd an. Es kam ihr gar nicht richtig vor, wie unverblümt er den Tod der Freundin in Kauf nehmen würde.

Marie hoffte verzweifelt, dass sie sich mit ihrer Befürchtung irrte.

In der Gegenwart ihres Mannes fröstelte sie neuerdings. Seine Bemerkung traf sie mehr, als sie anfänglich wahrnahm. Sie wurde das Gefühl nicht los, auf einmal einen fremden Mann an ihrer Seite zu haben.

Bisher verstanden sie sich blind. Jedes Mal, wenn Marie verzweifelte oder nicht weiterwusste, nahm sie ihr geliebter Schatz in den Arm und tröstete sie. Er schaffte es immer wieder, sie von den negativen Gedanken abzulenken. Oft landeten sie danach im Bett, wo sie schließlich alles um sich herum vergaß, weil sie mit jeder Faser ihres Körpers die Wärme, Kraft und Liebe ihres Ehemannes spürte.

Jetzt war es, als wäre eine unsichtbare Wand zwischen sie beide geraten. Marie schaffte es nicht, zu Hans' Seele durchzudringen. Ihre Versuche, sich ihm anzunähern und die alten Gefühle heraufzubeschwören, scheiterten kläglich.

Auch verhielt er sich seit diesem Gespräch anders, nicht mehr wie ihr Fels in der Brandung. Er wirkte nervös, ließ öfter mal etwas zu Boden fallen und reagierte auf Nachfragen gereizt. Er wusch sich unverhältnismäßig oft seine Hände. Er seifte sie minutenlang ein, nahm anschließend eine Bürste zur Hand und schrubbte sie, bis sie ganz rot aussahen. Danach spülte er sie lange und gründlich mit warmem Wasser ab.

Marie zermarterte sich den Kopf, um zu erkennen, warum sich ihr Ehemann so eigenartig verhielt. Vielleicht stand er auf der Arbeit unter großem Stress. Über seinen Job sprachen sie nie miteinander. Hans arbeitete viel in Privathaushalten. Daher gab es von Beginn ihrer Beziehung die Abmachung, dass er Probleme, die mit dem Job zusammenhingen, mit seinen Kollegen klärte und nicht mit ihr.

Die nächsten Tage würden hoffentlich Gewissheit bringen. Marie beschloss, sollte bis in einer Woche nicht in der Zeitung stehen, um wen es sich bei der gefundenen Toten handelte, würde sie ihren gesamten Mut zusammennehmen und beim Polizeirevier nachfragen.

Kapitel 6

2024

Auf dem Revier schickte Falck seinen Kollegen zuerst Kaffee holen. Er hatte eine Besprechung angesetzt und wartete, bis nach und nach alle mit dem Mordfall betrauten Mitarbeiter eintrafen. Währenddessen hielt er die wichtigsten Gesichtspunkte an der Pinnwand fest.

»Der Kaffee ist heute direkt genießbar«, stellte Steinmann fest und drückte seinem Chef eine dampfende Tasse in die Hand. »So langsam kommen meine Lebensgeister zurück.«

»Ihre Gesichtsfarbe gefällt mir auch schon viel besser«, bemerkte der Kommissar. »Aber jetzt wollen wir keine Zeit verlieren. Wenn nun alle zu uns gestoßen sind, könnten wir anfangen.« Er blickte in vier erwartungsvolle Augenpaare.

»Liebe Kolleginnen und Kollegen, Folgendes ist bisher bekannt:

Im Spandauer Forst wurde die Leiche einer weiblichen Person gefunden, die durch ihren Wohnsitz zu unserem Amtsbereich gehört. Die Frau wurde dreiundvierzig Jahre alt und war eine schillernde Persönlichkeit in High-Society-Kreisen. Nach Aussage des Gerichtsmediziners fand sie gestern Abend zwischen achtzehn und einundzwanzig Uhr den Tod durch Erwürgen. Postmortal hat man ihr die Zunge entfernt und auf der Brust abgelegt. Im Mundraum befand sich ein zerknüllter Zettel mit einer Zahlenbotschaft, welche wir noch nicht entschlüsseln konnten.«

Falck reichte das Fundstück, das nun entknittert in einer Klarsichthülle lag, an Marcus Jonas weiter. »Ich bin gespannt, ob Sie Licht in das Dunkel bringen können, Herr Kollege.«

Der Leiter der Mordkommission kannte Jonas nun seit gut zwei Jahren. Der junge Mann mit der schwarzen lockigen Haarpracht, die bis auf seine Schultern reichte und ziemlich ungepflegt wirkte, hatte ihn bisher nie enttäuscht, trotz seines hin und wieder leicht flapsigen Auftretens. Marcus Jonas hatte schon so manches knifflige Rätsel bei verschiedenen Mordermittlungen gelöst. Wenn einer eine Chance hatte, die Zahlen in irgendeinen Zusammenhang zu bringen, dann war er das, dachte Falck und blickte seinen computeraffinen und knobelfreudigen Kollegen aufmunternd an.

»Auf den ersten Blick kann ich noch nichts Schlüssiges erkennen«, erklärte Jonas, »aber ich setze mich nach der Besprechung gleich ran.« Dabei nahm sein Gesicht einen voll konzentrierten Ausdruck an, und er stierte auf den Zettel, als könnte er durch die Kraft seines Blickes einen Zauber bewirken.

»Immer mit der Ruhe und dann mit einem Ruck, mein junger Freund«, stellte Falck klar. »Niemand erwartet, dass Sie zaubern können. Wenn es so einfach wäre, hätte ich das Rätsel selbst bereits entschlüsselt, das können sie mir glauben.«

Frau Liebig, die als Psychologin ebenfalls dem Team angehörte, räusperte sich lautstark. »Vielleicht sollte ich zuerst Angaben zum Täterprofil machen. Das trägt unter Umständen zur Lösung bei.«

»Das wäre jetzt meine nächste Frage gewesen«, sagte Falck. Er zückte seinen Whiteboard-Marker und stellte sich vor die Pinnwand, bereit, die Signalwörter zum Täterprofil mitzuschreiben. »Bitte legen Sie los, Kollegin Liebig!«

»Zum Täterprofil lässt sich sagen«, führte die Expertin aus, »dass es sich mit hoher Wahrscheinlichkeit um eine Person mit Kraft und handwerklichem Geschick handelt. Die Brutalität der Tat deutet auf eine männliche Person hin. Ich gehe von einem Täter mit durchschnittlicher Bildung aus. Der Täterkreis kann noch nicht so gut eingegrenzt werden, da es sich genauso gut um einen Einzelgänger wie auch um einen Familienmenschen handeln könnte. Auf jeden Fall befand sich der mutmaßliche Mörder höchstwahrscheinlich in einer Ausnahmesituation und handelte mit grenzenloser Wut. Es sieht nach einer Tat im Affekt aus, nicht nach vorsätzlichem Mord. Der Täter war entweder nicht mehr Herr seiner Sinne oder in die Enge getrieben.«

Kommissar Falck verharrte vor der Pinnwand. Er unterstrich die Worte »Einzelgänger« und »Familienmensch« und setzte jeweils ein Fragezeichen dahinter. Er bedankte sich für die Ausführungen und fuhr fort: »Es gibt eine Spur, die eine eventuelle Verbindung zu einem ungelösten Vermisstenfall von vor zwanzig Jahren vermuten lässt, mit dem Kollege Steinmann und ich damals betraut waren. Vor ungefähr einer Woche wollte eine Freundin der Ermordeten die Frau als vermisst melden. Die Sache kam jedoch nicht zur Anzeige, da es die Faktenlage nicht zuließ.

Beide Namen, der Name der Ermordeten und der Name ihrer Freundin, stehen in engem Zusammenhang mit dem damaligen Fall.

Steinmann, ist Ihnen in der Zwischenzeit schon Näheres dazu eingefallen?«

»Nein, leider nicht, Herr Kommissar. Aber ich schlage vor, dass ich morgen früh zuerst im Zentralarchiv vorbeischaue und die Akten des Vermisstenfalles von damals hole. Wissen Sie noch, in welchem Jahr dieser Christian Ackerfeld verschwunden war?«

»Der Vorgang ereignete sich kurz nach der Jahrtausendwende«, entgegnete Falck. »Genau weiß ich es leider nicht mehr. Aber, Sie werden das schon rausbekommen, Steinmann. Da bin ich mir sicher. Und jetzt, schlage ich vor, machen Sie für heute Feierabend. Frau Liebig, Sie telefonieren bitte noch einmal mit Frau Körner und bieten ihr psychologische Unterstützung an, falls sie sie benötigt! Herr Jonas, tragen Sie doch bitte neben der Entschlüsselung der Zahlen alles zusammen, was es im Netz zur Person Ida Wöller gibt! Und Sie, Herr Pretzel, legen mir nachher die Pressemitteilung zur Freigabe auf meinen Schreibtisch! Wir sehen uns morgen alle noch einmal in dieser Runde, sagen wir, gegen zehn Uhr? Das müssten Sie doch schaffen, bis dahin die Akten zu besorgen, Herr Steinmann, oder?«

Damit löste Kommissar Falck die Besprechung auf. Nun, wo alles in die Wege geleitet war, verspürte er auf einmal ein heftiges Magenknurren. Da er seine Gedankengänge nicht unnötig lange unterbrechen wollte, ließ er sich vom Empfangstelefon eine Pizza bestellen. Die konnte er nachher nebenbei essen, während er seine weiteren Überlegungen und die Zwischenergebnisse von Herrn Jonas in die Aufstellung an der Pinnwand einarbeitete.

Kapitel 7

2024

Wow, Feierabend, freute sich Matthias Steinmann auf die unverhofft gewonnene Zeit. So konnte er heute endlich mal seinen Wocheneinkauf erledigen, ohne kurz vor Ladenschluss durch die Regalreihen im Supermarkt hetzen zu müssen.

Matthias Steinmann erwies sich durch und durch als Single. Ein paar Mal versuchte er, sich kurzzeitig auf eine Frau einzulassen, zeigte sich aber in seinen Mustern so festgefahren, dass keine es lange mit ihm aushielt. An seiner Statur sah man ihm deutlich an, dass er keinen Kostverächter darstellte. Der Polizist brachte einige Kilos zu viel auf die Waage. Auf dem Weg zur Arbeit lag ein Imbissstand, bei dem er regelmäßig Currywurst mit Pommes rot-weiß verputzte. Wenn es seine Zeit erlaubte, briet er sich zu Hause in seiner Einraumwohnung saftige Steaks mit Zwiebeln und vertilgte alles bis auf den letzten Krümel.

Als er sich jetzt im Supermarkt auf der Suche nach einer schönen Scheibe Schweinefleisch zum Braten befand, traute er seinen Augen nicht.

Er drehte sich gerade um, um das Fleisch in seinen Einkaufswagen zu legen, da blickte er in das Gesicht eines Mannes, der dem vor zwanzig Jahren vermissten Christian Ackerfeld verdammt ähnlichsah. Lediglich der Bart passte nicht ins Bild.

»Herr Ackerfeld, sie sind doch Christian Ackerfeld?« ,fragte Steinmann sein Gegenüber.

Der Angesprochene duckte sich erschrocken zur Seite und rannte los. Jetzt wähnte sich Matthias Steinmann sicher, dass es sich bei dem Angesprochenen um den gesuchten Christian Ackerfeld handelte. Er ließ das Fleischpaket in die Kühltruhe zurückfallen und setzte dem Flüchtigen nach. Dabei übersah er den mitten auf dem Gang zurückgelassenen Einkaufswagen und schlug der Länge nach hin. Als er endlich prustend und sich die schmerzende Seite haltend vor der Tür des Einkaufsmarktes ankam, war der Mann längst über alle Berge.

Was für ein Zufall, dachte Steinmann, dass dieser Kerl ausgerechnet jetzt auftaucht, wo man die Leiche dieser Frau gefunden hat. Und offensichtlich hat er ein sehr schlechtes Gewissen. Das muss ich dem Kommissar gleich morgen mitteilen.

Kapitel 8

2004

Am Sonntag stand Sophie gegen elf Uhr auf. Das musste an Schlaf reichen nach der Nachtschicht. Schließlich hatte die junge Frau einen aufregenden Tag vor sich.

Sophie war zweiundzwanzig Jahre alt und zum ersten Mal in ihrem Leben richtig verliebt. Heute würde ihr Christian, mit dem sie seit vier Monaten zusammen war, zu ihr nach Berlin kommen, um sie abzuholen. Sophie hatte bereits einen Koffer mit den Sachen zusammengepackt, die sie ab heute in Christians Wohnung in Falkensee lassen wollte. Sie freute sich unbändig, nun nicht mehr ständig hin- und herpendeln zu müssen. Ausgelassen tanzte sie nach den Klängen aus dem Radio durch ihre kleine Wohnung. Dabei schaute Sophie jedes Mal, wenn sie an der Flurgarderobe vorbeitänzelte, in freudiger Erwartung eines Anrufes von ihrem Christian, auf den Telefonapparat.

Als sie zur Mittagszeit immer noch kein Telefonklingeln vernahm, wurde die junge Frau langsam unruhig.

Sie entschloss sich, nicht mehr zu warten, sondern selbst die Initiative zu ergreifen. Beherzt nahm sie den Hörer von der Gabel und wählte die Nummer ihres

Freundes. Es klingelte am anderen Ende, aber niemand nahm den Hörer ab. Sophie versuchte es ein zweites und ein drittes Mal, ohne Erfolg.

Ein eigenartiges Unruhegefühl beschlich die junge Frau. Sie versuchte, eine Erklärung zu finden. Bestimmt ist sein Telefonanschluss gestört, und er wird gleich vor der Tür stehen, redete sie sich ein. Als Sophie eine Stunde später immer noch nichts von ihm gehört hatte, schrillten sämtliche Alarmglocken in ihrem Kopf.

Da muss etwas passiert sein, schrie sie ihr Unterbewusstsein an. Sophie überlegte fieberhaft. Was sollte sie jetzt nur tun? Im Buchladen konnte sie nicht anrufen, der hatte heute geschlossen. Christian lebte sehr zurückgezogen, also gab es keine Freunde, die ihr helfen könnten.

Christians Eltern lebten seit zwei Jahren in Spanien. Sie waren dorthin ausgewandert, um ihren Lebensabend in milderem Klima zu genießen. Bisher hatte sich für Sophie noch keine Gelegenheit ergeben, die beiden kennenzulernen.

Ihr Freund hatte ihr erzählt, dass er nur zu den Geburtstagen und zu Weihnachten mit seinen Eltern telefonierte. Die junge Frau fand das sehr merkwürdig. Was hätte sie darum gegeben, noch Mutter und Vater an ihrer Seite zu haben. Das war ihr jedoch seit ihrem zwanzigsten Lebensjahr nicht mehr vergönnt.

Sophie fiel wahrlich niemand ein, den sie anrufen konnte. Es half alles nichts, sie musste sich mit S-Bahn und Regio auf den Weg nach Falkensee machen. Hastig schlüpfte Christians Freundin in ihre Turnschuhe, warf ihren Mantel über und schnappte sich ihre Handtasche. Dann nahm sie die Beine in die Hand und rannte los.

Die S-Bahn war brechend voll. Wie immer an Sonntagen überrannten Touristen in großer Zahl die Hauptstadt.

Sophie kam sich vor wie eine Ölsardine, nur aufrechtstehend. Der Schweiß rannte ihr den Rücken hinunter. Sie schwitzte nicht nur aufgrund der Wärme, sondern auch vor Angst und Ungewissheit. Immer wieder sah sie auf die Uhr. Vielleicht hatte er es sich anders überlegt und machte einen Rückzieher? – stahl sich ein ablenkender Gedanke in Sophies Bewusstsein. Nein, Christian würde mir Bescheid geben, wenn es so wäre. Er ist kein Feigling, beschied sie ihre innere Stimme.

Endlich erreichte die S-Bahn den Zielbahnhof in Berlin Spandau. Bis zur Abfahrt des Zuges nach Falkensee dauerte es noch dreißig Minuten. Wie sollte sie die nur aushalten? Wie ein aufgescheuchtes Huhn lief sie auf dem Bahnsteig hin und her. Endlich fuhr der Zug ein. Er kam zum Glück nicht überfüllt an. Sophie bekam sogar einen Sitzplatz. Sie saß wie auf Kohlen. Ihr Fuß wippte unaufhörlich auf und ab.

Bahnhof Albrechtshof … nun kamen nur noch zwei Stationen … Warum hielt der Zug nur so lange? … Bahnhof Seegefeld … nun fehlte nur noch eine Station … der Zug hielt schon wieder eine Ewigkeit …

Sophie hielt es nicht mehr auf ihrem Platz. Sie lief zur Abteiltür und wartete dort, bis der Zug endlich in den Bahnhof Falkensee einfuhr. Als der Regio zum Stehen kam, musste die junge Frau, die inzwischen zu einem richtigen Nervenbündel mutierte, schon wieder warten. Die Tür öffnete sich wie in Zeitlupe. Beim Aussteigen achtete sie nicht richtig auf die Stufen und strauchelte. Nur mit Mühe konnte sie sich an der Wand des Zuges abstützen. Das hätte ihr gerade noch gefehlt, jetzt zu stürzen und sich vielleicht sogar eine Verletzung zuzuziehen. Sophie atmete einmal tief durch und sammelte sich. Anschließend spurtete sie los, so schnell sie konnte, erst bis zur Post und von dort die Hansastraße hinauf.

Keuchend und nach Luft ringend kam sie an dem Haus an, in dem sich der kleine Buchladen und die darüberliegende Wohnung von Christian befanden.

Dort bot sich ihr ein beunruhigendes Bild. Hatte das noch niemand bemerkt? Das war eigenartig. Die Tür zum Buchladen fand Sophie offen vor. Im Inneren sah sie umgestürzte Regale. Die Bücher und ein paar zerbrochene Schallplatten lagen kreuz und quer im Laden verstreut. Sophie musste aufpassen, wo sie hintrat, da sich der Fußboden mit einzelnen Blutspritzern übersät zeigte.

Mit einem letzten Hoffnungsschimmer lief die aufgeregte junge Frau die Treppe zu Christians Wohnung hinauf. Vielleicht lenkte der Einbruch im Buchladen ihren Schatz so ab, dass er ihr nicht Bescheid geben konnte. Bestimmt würde er gerade unterwegs sein, um Hilfe zu holen. Gleich würde er seinen Kopf durch die Tür stecken und sich freuen, dass sie schon auf ihn wartete.

Oben in seiner Wohnung angekommen, erstarb diese Hoffnung jäh.

Auch hier stand die Tür weit offen. Im Inneren bot sich ein Bild des Grauens. Alles sah verwüstet aus, und im Badezimmer erblickte sie überall blutrote Spritzer. In der Luft hing ein eigenartiger metallischer Geruch.

Sophie taumelte rückwärts aus der Wohnung. Um ein Haar stürzte sie die Treppe hinunter. Ihre Hand umklammerte das Geländer, und es gelang ihr, auf der obersten Stufe Halt zu finden. Sie setzte sich und zwang ihre Gedanken zur Ruhe. Denk nach! Du darfst jetzt nicht schlappmachen!

Sophie erinnerte sich an eine Telefonzelle an der Ecke zur Sonnenstraße. Vorsichtig, Stufe für Stufe, den Blutspritzern ausweichend, tastete sie sich nach unten. Ungeachtet des Schwindelgefühls in ihrem Kopf stürmte sie los. Endlich sah sie die Telefonzelle, rannte auf sie zu, riss die Tür auf und lehnte sich mit letzter Kraft an die Wand. Mit zitternden Händen klaubte sie ein paar Markstücke aus ihrem Portemonnaie und wählte die Nummer der Polizei. Nachdem Sophie ihre Beobachtungen am Telefon geschildert hatte, schleppte sie sich zurück zum Buchladen und wartete, an die Eingangstür gelehnt, auf die Polizei.

Fünf Minuten später hörte sie die Sirene des Einsatzfahrzeugs.

Ein Mann in Zivil und ein Polizist in Uniform betraten den Laden. »Guten Tag, ich bin Kommissar Falck und das ist mein Kollege, Herr Steinmann«, stellte sich der Herr in Zivil vor und reichte Sophie die Hand.

Jetzt, wo die beiden Männer vor ihr standen, wurde der jungen Frau das Ausmaß des Unglückes bewusst. Sie sackte auf dem Stuhl zusammen, der neben dem Ladentisch stand. Dicke Tränen liefen über ihr Gesicht. Wie durch einen Nebelschleier nahm Sophie wahr, dass weitere Einsatzfahrzeuge vorfuhren und unzählige Beamte das Haus betraten. Schritte hallten durch den Laden und die Treppe hinauf.

Plötzlich wurde der verzweifelten Frau alles zu viel. Sie rannte zum Waschbecken und erreichte es genau in dem Moment, in dem sie sich übergeben musste. Schweiß trat ihr auf die Stirn. Sie zitterte am gesamten Körper.

Endlich traf der angeforderte Rettungssanitäter am Tatort ein. Er führte Sophie in das Hinterzimmer vom Buchgeschäft und gab ihr ein Beruhigungsmittel.

Mitfühlend betrat Kommissar Falck den abgeschirmten Raum und ordnete an: »Sie fahren jetzt erst einmal mit dem Krankenwagen nach Hause. Ihre Aussage können wir morgen auf der Wache in Falkensee aufnehmen. Ist es Ihnen möglich, morgen dort hinzukommen.«

Sophie nickte. Sagen konnte sie im Moment nichts. Sie konnte sich zwar noch nicht vorstellen, dass sie morgen bereits wieder so fit sein würde, um mit Bus und Bahn nach Falkensee zu fahren. Als Krankenschwester war sie jedoch einiges gewöhnt. Sie würde sich also zusammenreißen und ihre Aussage machen.

Zum Glück musste Sophie nicht mehr in Christians Wohnung, da sich dort noch keine Sachen befanden, die ihr gehörten.

Indessen nahmen die Spurensicherer ihre Arbeit am Tatort auf. Dazu riegelten die in Schutzkleidung gehüllten Mitarbeiter zunächst Christians Wohnungstür und die Eingangstür vom Laden ab. Danach erfassten die Techniker sämtliche Beweismittel in den Räumlichkeiten, indem sie Fotos schossen, alles nach Fingerabdrücken untersuchten, Bilder und verdächtige Gegenstände sicherten und Proben der Blutspuren nahmen.

Da keine Leiche gefunden wurde, ging Kommissar Falck davon aus, dass es sich entweder um eine Entführung handeln könnte oder um einen Mord, bei dem die Leiche an einen anderen Ort verbracht worden war. Die Menge an Blutspuren ließ eher letzteren Schluss zu.

Trotzdem leitete Falck die Fahndung nach Christian Ackerfeld ein.

Der Fall erschien ihm höchst rätselhaft. Bei dem jungen Mann gab es offensichtlich nichts zu holen. Die Wohnung war spartanisch eingerichtet. Sein Gehalt als Verkäufer in diesem kleinen Geschäft war nicht üppig ausgefallen. Außerdem handelte es sich bei Christian Ackerfeld um einen unauffälligen und ruhigen Zeitgenossen. Falck konnte sich nicht vorstellen, dass jemand Grund gehabt haben könnte, diesem Mann etwas Derartiges anzutun.

Als der Kommissar gerade den Tatort verlassen wollte, kam eine aufgebrachte Frau mittleren Alters auf ihn zugestürmt. Sie musste von der Meldung über den Polizeieinsatz überrascht worden sein, da ihre blonden Haare verstrubbelt waren. Außerdem bestand ihre Kleidung aus einem Mantel, unter dem ein Schlafanzug hervorlugte. An den Füßen trug sie klobige Clogs. Sie hatte es offensichtlich nicht mehr geschafft, sich Socken anzuziehen.

»Um Gottes Willen! Was ist denn hier los? Was machen Sie in meinem Haus?«, schrie die Frau aufgebracht.

»Bitte bleiben Sie stehen«, bat der Kommissar. »Ich schlage vor, dass wir ein paar Schritte gehen. Bei der Gelegenheit werde ich Ihnen mitteilen, was hier geschehen ist. Ich nehme an, dass Sie die Eigentümerin dieser Immobilie sind. Ist das richtig?«

Die Frau nickte, wobei ihre Pupillen eigenwillig hin und her tanzten. Ihr rechtes Auge zuckte heftig.

Falck nahm ihren Arm und brachte sie ein kleines Stück vom Haus fort. »Ich bin Kommissar Falck und der Leiter der gerade laufenden Operation. Uns wurde ein Einbruch in Ihrer Immobilie gemeldet. Darf ich nun Ihren Namen erfahren?«

»Ich heiße Irmgard Sommer, und mir gehört das Haus sowie die darin befindliche Buchhandlung.« Die Pupillen der Frau beruhigten sich allmählich. Das Zucken am Auge ebbte ab, und ihre Atmung wurde ruhiger.

»Ich kann Sie leider heute nicht mehr in Ihr Haus lassen«, erklärte ihr der Kommissar. »Es müssen erst alle Spuren gesichert werden. Würden Sie bitte die Freundlichkeit besitzen und mich aufs Revier begleiten? Ich würde Ihnen gern einige Fragen stellen. In meinem Büro ist es angenehmer als hier draußen bei dem kalten Wind.«

Frau Sommer willigte unter der Bedingung ein, dass sie schnell nach Hause laufen und sich etwas Vernünftiges anziehen durfte. Sie erklärte dem Kommissar, dass sie nur zwei Querstraßen entfernt wohne, nämlich in der Sonnenstraße, und eins fix drei wieder zurück wäre. Sie hielt inne und schaute Falck plötzlich fragend an: »Wo ist eigentlich mein Mitarbeiter, Herr Ackerfeld? Ihm ist doch hoffentlich nichts passiert?«

»Ihr Mitarbeiter ist nicht hier«, antwortete Falck. »Alles Weitere würde ich Ihnen gern auf dem Revier erklären. Was halten Sie davon, wenn Sie jetzt gleich in mein Auto steigen, ich Sie zu Ihrer Wohnung fahre und unten auf Sie warte, bis Sie umgezogen sind? Auf die Art sparen wir ein bisschen Zeit, und Sie müssen sich nicht so abhetzen.«

Mit diesem Vorschlag erklärte sich Frau Sommer einverstanden.

Eine halbe Stunde später konnte Falck die Hauseigentümerin bereits in sein Büro geleiten. Da sein Kollege noch eine Weile am Tatort zu tun haben würde, bekam er nun die Gelegenheit, sein Gegenüber eingehend zu betrachten. Es faszinierte ihn, wie schnell diese Frau eine regelrechte Wandlung vollziehen konnte.

Ihre Haare präsentierten sich jetzt chic frisiert. Sie trug eine kurze, bunte Bluse über einer schwarzen Stoffhose mit ausgestelltem Saum. Ihre Füße steckten in schwarzen Lederstiefeletten, und er ging stark davon aus, dass sie ihre Kleidung dieses Mal mit Strümpfen komplettierte. Sogar ein schnelles Make-up vervollkommnete Gesicht, Hals und Dekolleté. Das zauberte ein Strahlen in ihre graugrünen Augen.

Kommissar Falck entdeckte sogar goldene Pünktchen in ihren Augen. Ein unerwartet warmes Gefühl durchströmte den sonst eher ernsten Mann. Er musste seinen Blick mit aller Gewalt von dieser Frau losreißen, als er bemerkte, dass er sie seit ihrem Eintreten in sein Büro unverwandt anstarrte. So etwas passierte ihm zum ersten Mal. Bisher verspürte er nie das Bedürfnis, eine weibliche Person näher kennenlernen zu wollen. Vor allem wies diese Frau ein viel höheres Alter als er auf. Was konnte das bedeuten? Stand er etwa auf reifere Damen? Das konnte doch nicht sein. Bisher wähnte sich Falck zufrieden mit seinem Singledasein und mit seiner Unterkunft in der Pension. Außerdem ging eine solche Vermischung zwischen Beruf und Privatleben überhaupt nicht.

Da der junge Kommissar nicht wusste, wie er anders aus dieser Situation herauskommen könnte, erhob er sich von seinem Schreibtischstuhl, trat ans Fenster und schaute hinaus. In seiner Not tat er erneut etwas für ihn völlig Untypisches. Er sprach über das Wetter. Auch das lenkte ihn nicht von der Anziehungskraft dieser attraktiven Dame ab. Jetzt fiel ihm nur noch eine Rettungsmöglichkeit ein. Er fragte Frau Sommer, ob sie einen Kaffee trinken wolle. Zum Glück ging sie auf sein Angebot ein. Auf die Art konnte er Zeit gewinnen und sich wieder sammeln.

Auf dem Weg zum Automaten und zurück schalt er sich einen Esel und rief seine aufkeimenden Gefühle für diese Frau zur Ordnung. Er setzte eine professionelle Miene auf, stellte Irmgard Sommer ihren Kaffee auf den Tisch und begann mit der Befragung. Dabei vermied er es, ihr direkt in die Augen zu sehen und versteckte sich hinter seinem Computer.

Die Chefin von Christian Ackerfeld beschrieb ihren Angestellten als liebenswerten und feinfühligen Verkäufer, der von allen Kunden gemocht wurde. Sie hielt große Stücke auf diesen jungen Mann und konnte sich nicht vorstellen, dass ihn irgendjemand so sehr hassen könnte, dass er ihn entführen oder gar töten wollte.

Als näher mit Herrn Ackerfeld bekannt beschrieb sie nur seine Freundin Sophie. Sie war ihr durch ihren Mitarbeiter vorgestellt worden. Frau Sommer fand, dass die beiden perfekt zusammenpassten und dass das Mädchen dem jungen Mann guttat.

Nach der Befragung legte Falck der Ladenbesitzerin das Protokoll zur Unterschrift vor und verabschiedete sie betont förmlich.

Für heute gab es für ihn nichts weiter zu tun. Die Auswertung der Spuren würde erst morgen vorliegen und ihm die dringliche Frage beantworten, ob sich noch jemand anderes in der Wohnung von Christian Ackerfeld aufgehalten hatte.

Der Kriminalbeamte beschloss, in seine Pension zu fahren und sich in seine Wohnung zurückzuziehen. Dort würde er die Fallakten noch mal in aller Ruhe durchsehen. Vielleicht war ihm bisher irgendetwas entgangen.

Außerdem konnte er mit dieser stupiden Routinetätigkeit höchstwahrscheinlich sein angespanntes Nervenkostüm beruhigen.

Als Sophie am nächsten Tag zur Befragung auf die Wache kam, wurde sie zunächst vom Polizisten Steinmann erkennungsdienstlich untersucht. Sie war verwirrt, und der Ermittler sah ihr das offensichtlich an.

»Sie brauchen sich keine Sorgen machen, junge Frau. Sie stehen nicht unter Verdacht«, beruhigte er Sophie. »Es geht darum, Ihre Fingerabdrücke zu sichern. So können wir feststellen, ob noch jemand anderes in der Wohnung war.«

»Von Christian fehlt immer noch jede Spur?«, fragte Sophie. »Leider ist das so«, antwortete Steinmann.

Jetzt konnte die junge Frau die so lange zurückgehaltenen Tränen nicht mehr unterdrücken. Sie liefen ihr einfach übers Gesicht, und sie war kaum noch in der Lage zu sprechen. »Was kann denn nur geschehen sein? Wer macht so was? Mein Christian ist der gütigste Mensch, den ich kenne«, schluchzte sie.

Sophie fühlte sich furchtbar schlapp, ihr tat alles weh. Als sie gestern am späten Nachmittag zu Hause ankam, rief sie gleich bei Walerie an, die daraufhin sofort zu ihr geeilt kam. In den tröstenden Armen der Freundin schlief sie schließlich ein, nachdem diese in der Klinik angerufen und Sophie für die Nachtschicht krankgemeldet hatte. Beim Aufwachen am Morgen kehrten die furchtbaren Erinnerungen schlagartig in Sophies Gedächtnis zurück. Beim Frühstück, um das sich Walerie kümmerte, bekam Sophie keinen Bissen herunter, und auch jetzt verspürte sie keinen Hunger, sondern ein niederschmetterndes Gemisch aus Traurigkeit, Ratlosigkeit und Hilflosigkeit.

Matthias Steinmann, der mit einem solchen Ausbruch nicht rechnete, fühlte sich sichtlich unwohl in seiner Haut. Wortlos schob er der weinenden Frau die Taschentuchbox über die Tischplatte, die zu seinem Glück griffbereit auf dem Fensterbrett stand. Dabei räusperte er sich und überging die vorher gestellten Fragen von Frau Jäger. Statt um Antworten zu ringen, trug er ihr in festem Tonfall auf: »Warten Sie bitte einen Moment! Der Kommissar wird gleich zu Ihnen kommen. Dann werden wir Ihre Aussage zu Protokoll nehmen.«

Als Kommissar Falck endlich das Büro betrat, versiegten die Tränen der sympathischen jungen Frau. Anscheinend war es dem Kollegen gelungen, genau die richtige Strategie anzuwenden, um sie von ihrem Tränenausbruch abzubringen.

Sophies Antworten auf Falcks Fragen zum Verschwinden ihres Freundes trugen nur wenig zur Aufklärung bei, da sie zum Zeitpunkt der Tat im Dienst war. Zu ihrer eigenen Entlastung konnte sie den abgestempelten Fahrausweis vom Sonntagnachmittag mit Datum und Uhrzeit vorweisen. Jetzt kam Sophie zugute, dass sie Fahrscheine und Quittungen stets in ihrem Portemonnaie aufbewahrte.

Da Sophie furchtbar blass aussah und sich ständig mit einem Taschentuch verstohlen ein paar verirrte Tränen von der Wange wischte, setzte der Kommissar seine Befragung bei den Erinnerungen der jungen Frau an.

»Wo haben Sie Herrn Ackerfeld eigentlich kennengelernt, Frau Jäger? Sie wohnen doch in Berlin, und der

Buchladen befindet sich in Falkensee«, begann er das Gespräch.

»Meine Freundin Walerie hat mich auf dieses gut sortierte Buchgeschäft aufmerksam gemacht, Herr Kommissar«, antwortete Sophie und begann zu erzählen:

»Erst war ich genervt, weil Walerie immer wieder von diesem süßen Verkäufer im Buchladen schwärmte. Ich wurde das Gefühl nicht los, dass sie mich verkuppeln wollte. Schließlich fühlte ich mich wie eine taffe junge Frau, die mit beiden Beinen fest im Leben steht. Ich mochte meinen Job im Waldkrankenhaus und war stolz darauf, bei den Patienten und dem übrigen Personal der Klinik so beliebt zu sein. Nach meinen ablehnenden Worten sah meine Freundin dermaßen enttäuscht aus, dass ich noch mal nachdachte. Und dabei fiel mir auf, dass sie nicht unrecht hatte. Also machte ich mich schließlich auf in diesen Buchladen in Falkensee, nachdem Walerie mir nochmals den Weg erklärt hatte.«

Ihr Gesicht nahm auf einmal einen schwärmerischen Ausdruck an, und ihre Wangen röteten sich, als sie von ihrer ersten Begegnung mit Christian erzählte:

»Der junge Mann schien etwa in meinem Alter zu sein. Allerdings war er einen halben Kopf kleiner als ich, trug eine ziemlich starke Brille und wirkte etwas pummelig. Das sollte dieser süße Typ sein, von dem Walerie gesprochen hatte? Das konnte ich mir nicht recht vorstellen. Als der Verkäufer mich schließlich bemerkt hatte und auf mich zugeeilt kam, zog mich sein schüchternes Lächeln sofort in seinen Bann.«

»Wissen Sie noch, an welchem Tag Sie Ihren Freund das erste Mal sahen?«, fragte Falck.

»Natürlich, Herr Kommissar. Wir hatten doch am Freitag viermonatiges Jubiläum. Kennengelernt habe ich meinen Christian am siebenten Februar.«

Der Ermittelnde notierte sich das Datum, während Sophie fortfuhr: »Mein Christian musste fast jeden Tag bis spät am Abend im Laden stehen. Also besuchte ich ihn oft bei der Arbeit, wo ich mich einfach zwischen die Buchregale setzte und meinen Liebsten beim Bedienen der Kundschaft beobachtete. Ich freute mich über jedes Lächeln, das er mir verstohlen …«, weiter kam sie nicht, da sich Kommissar Falck lautstark räusperte und sich von seinem Platz erhob. Während er der jungen Frau noch etwas Zeit gab, sich zu sammeln, lief er hinter seinem Schreibtisch hin und her. Als er sah, dass sich Sophies Blick klärte und sie die Dinge um sich herum wieder wahrnahm, formulierte er seine nächste Frage: »Frau Jäger, wenn Sie objektiv nachdenken, wie würden Sie Ihren vermissten Freund beschreiben?«

»Christian ist ein Mann mit altmodischen, jedoch sehr höflichen Umgangsformen. Er hilft einer Frau in den Mantel, rückt ihr den Stuhl zurecht oder hält ihr die Tür auf. Auf der anderen Seite hat er einige Marotten. Seine Eigenart, sich stets adrett zu kleiden, zog mich auf eigenartige Weise an. Selbst zum Angeln trug er Anzughosen und ein ordentlich gebügeltes Hemd.

Christian ist ein in sich gekehrter, aber unheimlich liebevoller Mensch. Genau wie ich, liest er für sein Leben gern. Im Gegensatz zu mir verliert er sich beim Lesen gänzlich in den Geschichten, die in den Büchern erzählt werden. Danach fällt es ihm schwer, aus der fiktiven in die reale Welt zurückzukehren.

Außerdem hört er für sein Leben gern klassische Musik. Wenn es seine Zeit erlaubte, saß er nach Ladenschluss tief versunken und fern jeglicher Realität auf dem altmodischen Ohrensessel in der Buchhandlung und hörte das Requiem von Wolfgang Amadeus Mozart in voller Lautstärke. Nichts und niemand konnte ihn stören, bevor nicht der letzte Akkord des Musikstückes verklungen war.

Aber eine Eigenart von Christian betrübte mich zutiefst. Mein Freund ließ mich nie richtig an sich heran. Ich wurde das Gefühl nicht los, dass er irgendeinen Schatten aus der Vergangenheit mit sich herumtrug, über den er nicht reden wollte. Immer, wenn unser Gespräch die Themen Schule und Ausbildung streifte, wich er aus und verschloss sich mir gegenüber. Drang ich in diesen Situationen in ihn und verlangte, Genaueres zu erfahren, drehte er sich weg oder stand auf und wechselte mit plötzlich hochrotem Kopf das Thema.

Ich hoffte, dass ich mit der Zeit eine Tür zu seinem Innersten finden würde und tröstete mich damit, dass wir erst kurz zusammen waren. Gewiss würde es mir gelingen, die verschlossene Tür aufzustoßen, wenn wir uns länger kannten.«

Sophie schluchzte laut auf. »Hoffentlich bekomme ich diese Gelegenheit noch, und Christian taucht wieder auf«, flüsterte sie.

Behutsam stellte Kommissar Falck nun die Frage, die ihm schon seit Beginn ihres Gespräches auf den Nägeln brannte: »Können Sie sich vorstellen, dass Ihr Freund Feinde gehabt haben könnte?«

Bei der Frage konnte Sophie tatsächlich mit einem kleinen Anhaltspunkt aufwarten. Ihr fiel das letzte Telefongespräch vom Samstagnachmittag wieder ein.

»Ich weiß nicht, ob das was damit zu tun hat«, berichtete sie dem Kommissar, »aber Christian hat mir am Telefon von einer Begegnung mit Leuten erzählt, die er aus seiner Schulzeit kannte und die er lieber nicht wiedergesehen hätte. Diese Leute waren am Samstagvormittag in der Buchhandlung. Christian war ziemlich durcheinander und wollte mir am Sonntag bei sich zu Hause mehr darüber erzählen. Dazu ist es nun nicht mehr gekommen«, Sophie schluckte, und ihre Stimme wurde brüchig, »wie Sie wissen, Herr Kommissar.«

»Hatten Sie den Eindruck, dass er Angst vor diesen Personen hatte?«, fragte Falck und setzte sich wieder an seinen Schreibtisch.

»Ich weiß es nicht«, beteuerte Sophie. »Auf jeden Fall war er nicht gut auf sie zu sprechen.«

»Hat Ihr Freund irgendeinen Namen erwähnt?«

»Nein, er sprach nur von unangenehmen Typen. Ich weiß nicht mal, ob es sich bei diesen Leuten um Männer oder Frauen handelt.«

»In Ordnung, ich danke Ihnen für Ihre Aussage«, beschied der Kommissar. »Bitte lesen Sie das Protokoll noch einmal in Ruhe durch. Wenn alles seine Richtigkeit hat, unterschreiben Sie es bitte. Anschließend dürfen Sie erst mal wieder nach Hause fahren. Aber halten Sie sich für eventuelle Nachfragen zur Verfügung! Für den Fall, dass Ihnen noch etwas einfallen sollte, was für uns wichtig sein könnte, gebe ich Ihnen meine Karte mit.«

Sophie nickte. Dann fasste sie sich ein Herz und fragte zaghaft: »Darf ich auch anrufen, um nachzufragen, wie weit Sie mit den Ermittlungen sind?«

»Selbstverständlich, Frau Jäger«, antwortete Kommissar Falck und schenkte der jungen Frau ein warmherziges Lächeln. »Sie können mich jederzeit anrufen. Es tut mir sehr leid, dass wir Sie mit dieser Ungewissheit ziehen lassen müssen.«

Dankbar für dieses Angebot begab Sophie sich auf den Weg nach Berlin. Sie war sehr froh darüber, dass ein so herzlicher Beamter die Ermittlungen leitete. Überhaupt waren ihr sämtliche Mitarbeiter auf der Wache mit Respekt und Freundlichkeit begegnet. Nicht auszudenken, wenn sie sich davor fürchten müsste, auf dem Revier anzurufen.

Wenig später erhielt der Kommissar die Ergebnisse der erkennungsdienstlichen Untersuchung von Sophie. Er verglich die Daten mit den gesicherten Spuren in Christians Wohnung.

»So ein Mist, Steinmann«, stellte er missmutig fest, »alle Fingerabdrücke in der Wohnung stammen entweder von Sophie oder von unserem vermeintlichen Opfer. Und das Blut ist eindeutig Christian Ackerfeld zuzuordnen. Was ist dort nur geschehen?«

Sein Kollege antwortete: »Ich kann mir keinen Reim darauf machen.«

»Wurde der Briefkasten bereits untersucht?«, fragte Falck.

»Ja, Herr Kommissar. Kein Erpresserschreiben, kein Abschiedsbrief, keine unbezahlte Rechnung oder Mahnung. Nichts«, fasste Steinmann zusammen.

»Hm, hm, hm«, sinnierte Falck vor sich hin.

Am nächsten Morgen bekam der Fall eine unerwartete Wendung. Ein Mann um die Vierzig in Anglermontur erschien auf der Polizeiwache in Falkensee und meldete den Fund von Blutspuren in der Nähe der Brücke in Schönwalde-Siedlung.

Kommissar Falck schickte sofort die Spurensicherung zu der beschriebenen Stelle. Er selbst fuhr gemeinsam mit seinem Kollegen Steinmann mit dem Dienstwagen nach Schönwalde. Er parkte das Auto auf dem Sandweg rechts hinter der Brücke.

Zu Fuß machten sich die beiden Polizeibeamten auf den Weg in Richtung Kanal. Auf einer Wiese am Ufer des Gewässers fanden sie Spuren eines Kampfes. Alles war voller Blut. Im flachen Wasser am Ufer schwamm ein einzelner, natürlich vollkommen durchweichter Lederhandschuh. Der würde ihnen keine Beweisspuren mehr liefern. Falck forderte ein Team zur Spurensicherung und einen Tauchtrupp an.

Falck erinnerte sich, dass Sophie diese Angelstelle während ihrer Befragung erwähnte, als es um die Frage ging, welchen Hobbys ihr Freund nachging, und ob es einen Ort gäbe, an dem Christian außerhalb des Buchladens gern Zeit verbrachte. Es kam ihm jedoch sehr unwahrscheinlich vor, dass jemand einen Mann, der fast tot war, ohne bemerkt zu werden, hierher verschleppt haben könnte.

Trotzdem ging er von einem möglichen Zusammenhang dieser beiden Fälle aus.

Er sollte recht behalten. Der Tauchtrupp fand zwar keine Leiche im Kanal, aber sie bargen einen Autoschlüssel. Jetzt bemerkten die Beamten ein Fahrzeug unweit der Angelstelle.

Es war ordnungsgemäß abgestellt und verschlossen. Der Autoschlüssel funktionierte nicht, was entweder daran lag, dass er lange im Wasser gelegen hatte oder dass er zu einem anderen Wagen gehörte. Falck notierte sich das Kennzeichen, in der festen Annahme, das Fahrzeug von Christian Ackerfeld vor sich zu haben. Sofort nach seiner Ankunft in der Dienststelle gab er die Notiz an die Kollegen der IT-Abteilung weiter.

Zwei Tage später bekam er die Bestätigung, dass er richtig kombiniert hatte. Es handelte sich um das Fahrzeug des Vermissten. Die Spuren, die sie am Ufer des Kanals sowie bei Untersuchung des Wagens fanden, ließen sich ebenfalls eindeutig dem gesuchten Christian Ackerfeld zuordnen. Er selbst war jedoch wie vom Erdboden verschluckt.

Eine Befragung der anderen Angler, die regelmäßig hierherkamen, ergab, dass keiner jemals ein Wort mit dem Buchverkäufer gewechselt hatte. Er wäre immer für sich gewesen, und man hätte ihn nur hin und wieder in Begleitung einer jungen Frau, deren Beschreibung auf Sophie passte, gesehen.

Sämtliche Ermittlungen liefen ins Leere. Es gab noch immer keinen Erpresserbrief oder ähnliches. Den jungen Kommissar mit seinen sechsundzwanzig Jahren machte das fertig. Er hasste es, wenn ein Fall in eine derartige Sackgasse führte. War er doch in seinem Beruf angetreten, um schnellstmöglich Verbrechen aufzuklären. Akribisch ging er noch einmal sämtliche Notizen in seinem Notizbuch durch, durchforstete alle Akten, die es zu dem Fall gab und besprach die bisherigen Ergebnisse mit seinen Mitarbeitern. Trotzdem konnte er die Ermittlungen zu keinem Abschluss führen.

Kapitel 9

2024

Kommissar Falck saß in seinem schönen hellen Büro und trank genüsslich seinen Morgenkaffee. Er liebte dieses Ritual vor dem eigentlichen Arbeitsbeginn. In Gedanken versunken beobachtete er eine Schar Spatzen, die sich in dem Wildrosenstrauch vor seinem Bürofenster tummelten.

Langsam drangen die Worte des Kollegen Steinmann in sein Bewusstsein. Was sagte der Mann gerade? Er hätte Christian Ackerfeld gesehen?

»Ist das tatsächlich möglich, nach so langer Zeit? Wir haben doch damals seinen Fall bearbeitet. Es wurde keine Leiche gefunden. Wir waren trotzdem davon ausgegangen, dass Herr Ackerfeld zu Tode gekommen war, und die Ermittlungen wurden irgendwann eingestellt«, wunderte er sich.

»Ich erinnere mich, als wäre es erst gestern gewesen«, entgegnete Steinmann. »Natürlich ist er älter. Und mit dem Vollbart, den er jetzt trägt, sieht er etwas anders aus als damals auf den Fahndungsfotos. Ich bin mir trotzdem zu neunundneunzig Prozent sicher, dass es sich bei der Person, die ich am Kühlregal im Supermarkt gesehen habe, um Christian Ackerfeld handelt.«

»In Ordnung, Steinmann, es ist gleich zehn Uhr. Höchste Zeit, in den Besprechungsraum zu gehen und die anderen ins Bild zu setzen.«

Die Teammitglieder staunten nicht schlecht, als sie von den neuen Entwicklungen hörten.

»Vielleicht hat sich Herr Ackerfeld bei seiner damaligen Freundin gemeldet? Wie hieß sie doch gleich?«, fragte Falck.

»Sophie, sie hieß Sophie, Herr Kommissar«, antwortete Kollege Steinmann.

»Bestellen Sie sie bitte ein, damit wir Gewissheit haben!«, ordnete sein Vorgesetzter an. Anschließend dachte er laut nach: »Könnte der Ackerfeld etwas mit der im Wald gefundenen Leiche zu tun haben? Schließlich mobbte ihn diese Ida Wöller in seiner Schulzeit so sehr, dass er nach der zehnten Klasse, statt Abitur zu machen, eine Lehre begann. Und zu allem Übel spürte ihn diese Frau vor zwanzig Jahren an seinem Rückzugsort auf und trieb ihn erneut in die Enge.«

Nach einer kurzen Pause wandte er sich an Frau Liebig: »Das würde doch perfekt in ihr Täterprofil passen, nicht wahr, Kollegin Liebig?«

Die Psychologin nickte zustimmend.

»Ich wüsste zu gern, was damals genau geschehen ist. Sie können mir glauben, dass ich die Ermittlungen seinerzeit nicht freiwillig eingestellt habe. Ich hatte immer das Gefühl, dass der Vermisste noch lebt und dass wir die Fahndung ausweiten müssten, bekam dafür jedoch kein grünes Licht. Mir waren, im wahrsten Sinne des Wortes, die Hände gebunden«, fuhr Kommissar Falck fort. »Na, vielleicht erfahren wir es bald. Wir werden den vermeintlichen Christian Ackerfeld aufspüren. Sollte sich herausstellen, dass er es tatsächlich ist, muss er zur Vernehmung aufs Revier. Schließlich ist der Fall noch immer ungelöst, und das kann ich so nicht stehen lassen. Und vielleicht haben wir damit gleichzeitig unseren Mörder gefunden.« Falck stand von seinem Stuhl auf und lief ein paar Schritte durch den Besprechungsraum. Dabei blieb sein Blick an dem Aktenordner mit den Aufzeichnungen zum damaligen Fall hängen. »Dann werden wir uns mal in die Dokumente aus dem Archiv einlesen. Der Mord an Ida Wöller könnte definitiv etwas damit zu tun haben«, stellte er fest.

»Ich fand es schon damals sehr interessant, wie sensibel und gleichzeitig verschlossen Sophie Jäger ihren Freund Christian beschrieben hat«, sagte Matthias Steinmann, der gerade die Zeugenaussage der jungen Frau in den damaligen Ermittlungsakten sichtete.

Der Kommissar saß inzwischen wieder auf seinem Stuhl und zog den geöffneten Ordner zu sich hinüber.

Auf einmal befand er sich gedanklich mitten in den Ermittlungen des Jahres 2004. Mehr zu sich selbst als zu seinem Kollegium, stellte er fest:

»Und diesem sensiblen Menschen stand die übertrieben selbstbewusste und ziemlich arrogante Ida Wöller gegenüber, die ihm in der Schule das Leben zur Hölle machte.

Die Zeugenbefragung dieser Frau werde ich mein Lebtag nicht vergessen.«

Kapitel 10

2004

Pünktlich um dreizehn Uhr trafen Sophie und die Eltern des vermissten Christians, Marta und Erwin Ackerfeld, zu dritt im Kommissariat ein. Die Wut der Mutter, so spät über das spurlose Verschwinden ihres Sohnes informiert worden zu sein, war durch die Gespräche mit Sophie inzwischen verraucht. Herr und Frau Ackerfeld lebten seit Jahren in Spanien und hatten nur selten telefonischen Kontakt mit ihrem Sohn gehabt.

Beherzt und in einem ruhigen Tonfall übernahm die ältere Frau das Reden und erzählte dem Beamten alles, was sie über die möglichen Zusammenhänge mit dem Verschwinden ihres Sohnes wusste.

Marta erinnerte sich an die Demütigungen, die ihr Sohn als Kind erlitten hatte.

»Das war sehr schlimm für unseren Jungen«, sagte sie. »Einmal kam er sogar verletzt nach Hause und behauptete, eine Treppe heruntergestürzt zu sein. Er wurde danach krankgeschrieben. Anschließend wurde es ruhiger. Aber es gab ein Mädchen, das ihn bis zum Ende der zehnten Klasse immer wieder gehänselt hat. Christian wollte ihretwegen nicht mehr das Abitur machen, damit er die Schule verlassen konnte. Leider weiß ich nicht mehr, wie dieses Mädchen hieß.«

Nachdem der Kriminalbeamte aufmerksam den Ausführungen gelauscht hatte, stellte er fest: »Also gibt es jetzt einen konkreten Hinweis. Das ist gut. Danke, dass Sie gleich zu mir gekommen sind. Ich werde der Sache nachgehen.«

Im Anschluss an das Gespräch mit den Eltern des Vermissten forderte Falck über das Sekretariat des Falkenseer Gymnasiums die Jahrbücher der Jahre 1990 bis 1994 sowie die Schülerakte von Christian Ackerfeld an. Er ließ sich mit Herrn Kadelweit, dem ehemaligen Klassenlehrer von Christian, verbinden. Bei dem Telefonat vereinbarte er mit der Lehrkraft ein Treffen für den kommenden Nachmittag auf der Polizeiwache.

Herr Kadelweit konnte sich sehr gut an seinen ehemaligen Schüler erinnern. Noch heute fühlte er sich traurig, wenn er über dieses verschenkte Potential nachdachte. »Christian hätte locker das Abitur mit ›sehr gut‹ bestehen können. So ein begabter Junge. Es ist ein Jammer, wie die Kinder und Jugendlichen seit der Wende miteinander umgehen. Der Junge wurde ständig gehänselt. Ein Mädchen erwies sich als besonders geschickt darin, Christian zu triezen, immer in Situationen, in denen es keiner bezeugen konnte. Wie hieß sie doch bloß?«

Da Herr Kadelweit die angeforderten Unterlagen gleich zum Gesprächstermin mitgebracht hatte, konnten sie sofort nachsehen, um welches Mädchen es sich handelte.

»Ah, ja, die Ida Wöller, ein Mädchen aus einem sehr reichen Elternhaus. Nur dass Mutter und Vater sich ständig auf Reisen befanden und faktisch keine Zeit für ihre Tochter hatten.«

Der Lehrer schüttelte den Kopf und fuhr fort: »Dieses Mädel hatte überhaupt kein Unrechtsbewusstsein. Sie bestätigte mein Bild von einem typischen Kind aus einem reichen Elternhaus, verzogen, aber von niemandem richtig geliebt. Und das Mädchen, das auf dem Foto neben ihr zu sehen ist, ist Marie Hase. Die beiden hockten ständig zusammen. Marie hielt ihrer Freundin immer den Rücken frei. Manchmal musste sie sie sogar decken, wenn sie wieder einmal etwas Verbotenes getan hatte. Als Dank dafür erhielt sie von Ida nur Beschimpfungen. Nichts, was Marie tat, reichte aus, um sie fair zu behandeln. Trotzdem kann ich mir nicht vorstellen, dass Ida so weit gehen würde, jemanden zu entführen oder zu ermorden. Sie würde sich auf jeden Fall niemals selbst die Hände schmutzig machen.«

»Wäre es möglich, dass sie Herrn Ackerfeld aus irgendeinem Grund erpresst haben könnte?«, fragte Kommissar Falck.

»Was sollte das sein?«, erwiderte Herr Kadelweit. »Mir fällt nichts ein. Nein. Ich denke nicht.«

Als der ehemalige Klassenlehrer des vermissten jungen Mannes das Büro verlassen hatte, erklärte Falck seinem Kollegen:

»Ich werde dieser Dame trotzdem mal auf den Zahn fühlen. Mal sehen, ob sie zu den Leuten gehörte, die

Christian Ackerfeld am Tag vor seinem Verschwinden derart aus der Fassung gebracht haben. Vielleicht finden wir in Marie Hase eine Komplizin. Steinmann, was meinen Sie, wäre es möglich, dass Ida ihre gutmütige Freundin eingespannt haben könnte, um Christian zu entführen, damit sie ihn weiter demütigen kann? Wie weit würde eine junge Frau gehen, um die Aufmerksamkeit ihrer herrischen Freundin nicht zu verlieren?«

Steinmann überlegte und antwortete daraufhin: »Das ist eine interessante Theorie, Herr Kommissar. Die sollten wir auf jeden Fall im Auge behalten.«

Am Donnerstag um zehn Uhr hatte Kommissar Falck eine Audienz bei Madame Ida Wöller. Man konnte es nicht anders bezeichnen. Es war unter der Würde dieser jungen Frau, zur Befragung auf die Polizeiwache zu kommen. Stattdessen bekam der Kommissar von einem Diener in Uniform eine Karte überreicht, nachdem er am Tor der Nobelvilla, in der Ida residierte, geklingelt hatte. Ihm wurde ein Zeitfenster von zwanzig Minuten zugestanden. Immerhin. In dieser Zeit ließ sich einiges klären.

Frau Wöller empfing ihn sitzend im Salon, vor sich ein Teeservice aus Silber und ein Tablett mit Törtchen.

So begrüßte sie der Kommissar standesgemäß mit: »Guten Tag, sehr geehrte Frau Wöller. Herzlichen Dank für Ihr Entgegenkommen.«

»Seien Sie gegrüßt, Herr Kommissar«, erwiderte Ida huldvoll und hielt ihm die Hand zum Kuss entgegen. »Was kann ich für Sie tun?«

Falck war peinlich berührt, tat ihr aber den Gefallen und hauchte einen Kuss auf den dargebotenen Handrücken.

Hochprofessionell, ohne sich seinen inneren Zwiespalt anmerken zu lassen, erklärte er der Hausherrin: »Es geht um einen ehemaligen Mitschüler von Ihnen. Sie besuchten die gleiche Schule, er war jedoch in der Parallelklasse. Christian Ackerfeld ist sein Name.«

»Christian, dieser unförmige Klotz, ich erinnere mich. Ich habe ihn seit zehn Jahren nicht mehr gesehen. Ist mit ihm etwas geschehen, dass Sie sich nach ihm erkundigen?«, fragte Ida.

»Das tut jetzt nichts zur Sache«, wandte Falck ein. »Denken Sie noch mal genau nach. Haben Sie ihn wirklich seither nicht gesehen?«

Ida Wöller verneinte.

»Sie waren nicht am achten Mai im Buchladen in der Hansastraße? Dort arbeitet Herr Ackerfeld nämlich.« Falck sah Ida an, dass sie log. Trotzdem zeigte sie kein schlechtes Gewissen und wurde auch nicht nervös.

Stattdessen antwortete sie mit Unschuldsmiene: »Ach, jetzt erinnere ich mich. Ich wollte einen Kunstband kaufen. Meine Bekannte, Marie Hase, hatte gemeint, dass es in Falkensee dieses kleine Buchgeschäft gäbe, in dem man angeblich alles bekam. Außerdem sollte man in diesem Etablissement einen exzellenten Service genießen können. Das war jedoch weit gefehlt. Zum Glück hatte ich mich mit unserer Limousine dort hinfahren lassen, sodass sich wenigstens die Fahrt angenehm gestaltete. Sie haben ja keine Vorstellung davon, Herr Kommissar, wie unfreundlich man mich dort empfing. In dem Buchgeschäft wurde ich von einem maulfaulen, unfreundlichen Mann bedient. Sollte das Christian Ackerfeld gewesen sein? In dem Fall entschuldige ich mich vielmals, ihn nicht erkannt zu haben.«

Das ist eine harte Nuss. So komme ich nicht weiter, dachte Kommissar Falck. Vielleicht erreiche ich bei dieser Marie etwas.

Er verabschiedete sich bei Ida Wöller, natürlich nochmals mit einem Handkuss, bedankte sich für Ihre Zeit und verließ das Anwesen.

Am kommenden Nachmittag empfing der Kommissar Marie Hase in seinem Büro. Für die Freundin von Ida Wöller stellte es kein Problem dar, dort hinzukommen.

Was für eine sympathische junge Dame, dachte Falck bei Maries Eintreten in sein Büro. Ihre strahlend blauen Augen erhellten sein Büro und ließen den Raum viel wärmer erscheinen. Die junge Frau trug eine helle Bluse und einen Jeansrock, dazu flache Schuhe. Kein Vergleich zu der extravaganten Erscheinung ihrer Freundin.

Was war das nur für eine eigenartige Beziehung zwischen ihr und Ida Wöller? fragte sich der Kommissar. Marie machte doch einen vernünftigen Eindruck. Warum ließ sie sich von einer zickigen Diva für ihre Zwecke missbrauchen, und das noch lange über ihre gemeinsame Schulzeit hinaus? Versteh einer die Frauen!

»Guten Tag«, grüßte Marie Hase freundlich und reichte dem Kriminalbeamten die Hand. »Wie kann ich Ihnen behilflich sein?«

»Guten Tag. Danke, dass Sie so schnell kommen konnten. Es geht um Ihren ehemaligen Mitschüler, Christian Ackerfeld. Er lernte, soweit ich unterrichtet bin, von 1990 bis 1994 in Ihrer Parallelklasse«, erklärte Falck.

»Ja, das stimmt. Christian war ein sehr schüchterner Junge, der immer wieder gehänselt wurde. Ich erinnere mich gut an ihn. Erst vor zwei Wochen habe ich ihn in einem Buchladen in der Hansastraße getroffen. Es hat mich sehr gefreut, dass er so einen schönen Beruf ausüben darf. Ich hoffe, ihm ist nichts passiert?«, sprudelte es aus Marie heraus.

»Oh, danke, Sie haben mir fast alle Fragen beantwortet«, erwiderte der Kommissar, ohne auf Maries letzte Bemerkung einzugehen. »Waren Sie allein in dem Buchgeschäft?«

»Nein, ich betrat den Laden mit Ida, meiner Freundin. Sie suchte nach einem bestimmten Kunstband.«

»Hat Ida ihren ehemaligen Mitschüler ebenfalls erkannt?«, bohrte Kommissar Falck weiter.

»Davon können Sie ausgehen. Sie behandelte den armen Kerl genauso herablassend wie früher. Ich fühlte mich grässlich und habe mich für meine Freundin geschämt. Christian wirkte verlegen, und ihm entwich sämtliche Farbe aus dem Gesicht. Vor Scham bekam er kein einziges Wort heraus.«

»Suchten Sie das Buchgeschäft später noch einmal auf?«, fragte Falck weiter.

»Nein, nur am Samstagvormittag, Herr Kommissar«, antwortete Marie. »Allerdings kann ich nicht für Ida sprechen. Sie hatte sich mit ihrer Limousine dorthin chauffieren lassen. Als ich nach dieser unschönen Begegnung in mein Auto stieg, um zur Arbeit zu fahren, parkte die Limousine noch auf der Straße vor dem Geschäft.«

»Ich danke Ihnen, Sie haben mir bei meinen Ermittlungen sehr geholfen«, sagte Falck.

»Was ist denn mit Christian? Hat er was angestellt?«, hakte Marie nochmals nach.

»Christian Ackerfeld ist verschwunden. Es gab offenbar eine Auseinandersetzung in seiner Wohnung«, führte der Kommissar nun bereitwillig aus.

Bei sich dachte er: Diese junge Frau hat damit bestimmt nichts zu tun.

Marie war sichtlich geschockt. Ihre Augen verloren auf einmal ihren strahlenden Glanz. Ängstlich richtete sie ihre nächste Frage an den Kommissar: »Und Sie glauben, dass ich etwas damit zu tun habe? Ich versichere Ihnen, dass ich Christian nach dem Besuch im Buchgeschäft nicht mehr gesehen habe.«

Kommissar Falck legte beruhigend seine Hand auf Maries Schulter. »Keine Angst«, sagte er, »niemand verdächtigt Sie.«

Als Marie das Kommissariat verlassen hatte, saß Falck lange auf seinem Schreibtischstuhl und starrte einfach nur vor sich hin. Ich tappe vollkommen im Dunkeln, dachte er. Ida Wöller ist zwar zickig, extrovertiert und total von sich überzeugt, aber hat sie wirklich etwas mit dem Verschwinden dieses Mannes zu tun? Aber warum lügt sie? Ich kann es mir einfach nicht erklären. Und dafür, dass sie diesen Christian herablassend behandelt hat, kann ich sie nicht einsperren. Wenn das ein Festnahmegrund wäre, wären unsere Gefängnisse restlos überfüllt.

Ein Jahr nach Christians Verschwinden musste Kommissar Falck auf Anordnung seines Polizeichefs die Ermittlungen einstellen.

Alle Spuren führten in eine Sackgasse. Sie fanden weder eine Leiche noch ein Lebenszeichen vom vermissten Christian Ackerfeld. Zähneknirschend fügte sich Falck und schloss den Fall ungelöst ab.

Die Eltern des Vermissten kamen erneut für ein paar Tage nach Falkensee, um die Sachen ihres Sohnes einzulagern und die Wohnung aufzulösen. Sie baten Sophie, mit ihnen gemeinsam die persönlichen Gegenstände von Christian durchzusehen.

Da das der jungen Frau nicht richtig vorkam, lehnte sie ab. Sophie klammerte sich an den Gedanken, dass ihr Freund, würden seine Sachen einfach unbesehen umgelagert werden, doch irgendwann wieder auftauchen könnte. Sie versprach Marta und Willie Ackerfeld, sie regelmäßig anzurufen und sie sofort zu informieren, falls es Neuigkeiten in Bezug auf das Verschwinden ihres Sohnes geben sollte.

Seitdem der Buchladen wieder eröffnet werden durfte, lief das Geschäft nicht besonders. Frau Sommer führte das auf das mysteriöse Verschwinden ihres Verkäufers zurück. Nachdem auch die Wohnung im Obergeschoss des Hauses leergeräumt war, beschloss die Eigentümerin, ihre Immobilie zu verkaufen und in einer anderen Stadt ihr Glück zu versuchen.

Kapitel 11

2024

»Was ist los mit Ihnen, Kollege Steinmann? Sie sind etwas grün um die Nase«, rief Frau Liebig besorgt aus. Sie lief schnell zu ihm und wedelte ihm mit einem Taschentuch vor der Nase herum.

Auf ihren Wink hin, stürzte Marcus Jonas zum Fenster und riss es sperrangelweit auf. Augenblicklich ergoss sich ein Schwall angenehm kühler Luft durch den Besprechungsraum.

Kommissar Falck beobachtete das Geschehen mit Argwohn. An seinen Kollegen Steinmann gewandt, erkundigte er sich mit einem Stirnrunzeln: »Muss ich mir Sorgen machen? Erst kippen Sie mir in der Gerichtsmedizin fast aus den Latschen, und nun ist Ihnen schon wieder übel.«

Bei diesen Worten ging ein Ruck durch Matthias Steinmanns Körper, er atmete hörbar durch die Nase ein, setzte sich kerzengerade hin und blickte seinem Vorgesetzten in die Augen. »Keine Sorge, Herr Kommissar, es geht schon wieder. Es ist nur eine kleine Unterzuckerung, weil die Besprechung sich so lange hingezogen hat.«

Falck rollte mit den Augen. Resigniert ordnete er zehn Minuten Pause an.

Während die Kolleginnen und Kollegen den Raum verließen, um sich zu stärken, stemmte Falck verärgert seine Hände auf die Tischplatte, stellte sich breitbeinig vor die ausgebreiteten Gesprächsprotokolle und ließ alles gedanklich Revue passieren, was sie soeben besprochen hatten.

Er konnte nicht verstehen, wie man in dieser Phase der Ermittlungen pausieren konnte. Der Kriminalbeamte hoffte inständig, dass sein Team nachher in der Lage sein würde, konzentriert weiter an der Aufklärung des Falls zu arbeiten. Bei der Vorstellung, wieder an einen Punkt wie vor zwanzig Jahren zu kommen, an dem es kein Weiterkommen mehr gab, und die Ermittlungen eingestellt werden mussten, lief es ihm heiß und kalt den Rücken hinauf und hinunter. Plötzlich schob sich das Bild seiner toten Großmutter vor sein inneres Auge. Er begann zu zittern, als sich das ohnmächtige Gefühl von damals erneut einstellte. Seine Oma war sein Ein und Alles gewesen, sie gab ihm Halt, wenn seine Mutter mal wieder sturzbetrunken nach Hause gekommen war. Schließlich befreite sie den damals Zehnjährigen sogar aus der Misere und nahm ihn bei sich auf. Bis zu diesem schrecklichen Tag im Sommer, er war bereits fünfzehn, als er sie, in einer Blutlache liegend, mit einer klaffenden Wunde am Kopf, vor der Haustür ihres damaligen Wohnhauses fand. Die Worte, die der damals ermittelnde Kommissar wählte, um ihm mitzuteilen, dass man nicht mehr nach dem Mörder suchen würde, da es keine weiteren Spuren gab, hallten seither stets und ständig in seinem Kopf.

Nachts wachte er schweißgebadet auf, weil ihn diese Ohnmacht nicht losließ.

Falck stampfte mit seinem Fuß auf und beschloss: Ein weiterer ungelöster Fall war keine Option. Er musste alles daransetzen, dieses Verbrechen aufzuklären.

Stimmengewirr riss ihn aus seinen Gedanken. Er blickte auf und wunderte sich, wie die Kolleginnen und Kollegen sich derart fröhlich und ausgelassen über Alltägliches unterhalten konnten.

Schließlich bat er sich Ruhe aus, ordnete seine Gedanken und teilte dem Kollegium mit:

»Wir sollten zuerst das Umfeld von Ida Wöller in der Gegenwart beleuchten. Herr Jonas hat interessante Dinge über diese Dame recherchiert. Sie präsentierte sich in Hochglanzmagazinen als Kunstkennerin. Bei Charity-Veranstaltungen ließ sie sich kurz blicken, bis das Blitzlichtgewitter verebbt war, danach verschwand sie in ihrer Nobelvilla. Diese Frau war ein richtiges Sonnenscheinchen. Und durch ihre Berühmtheit wird uns nun vermehrt die Presse auf die Finger schauen. Seien Sie bitte besonders vorsichtig bei Ihren Äußerungen bezüglich des Falls in der Öffentlichkeit! Am besten wäre es, wenn wir uns darauf einigen könnten, dass niemand aus diesem Raum einen Kommentar abgibt. Für die Pressekonferenz ist Kollege Pretzel bestens vorbereitet. In Ihrer Haut, Herr Kollege, möchte ich nicht stecken. Das wird ein wahrer Medienrummel. Ich hoffe, Sie beschränken sich bei all Ihren Äußerungen auf die Informationen in der vorbereiteten Pressemitteilung.«

»Aber, selbstverständlich, Herr Kommissar«, beteuerte Pretzel. »Dann würde ich sagen, zügig weiter in der Ermittlung, damit wir schnell zu einer Aufklärung kommen! Herr Steinmann und ich werden uns auf den Weg zur Villa machen, in der die Ermordete gelebt hat. Mal sehen, ob wir dort irgendeinen Hinweis finden werden.«

Eine halbe Stunde später waren die beiden Polizeibeamten vor Ort. Selbst nach dem Tod von Ida Wöller wurden sie von einem Dienstboten empfangen, der ihnen die Tür öffnete und sie hereinbat. Auf ihren ungläubigen Blick hin, erklärte ihnen der Mann: »Ich fühle mich dem Anwesen noch immer verpflichtet. Mein Arbeitsvertrag gilt über den Tod meiner Arbeitgeberin hinaus. Ihre Eltern hatten das seinerzeit verfügt.«

»Wie reiche Leute eben sind.« Falck konnte sich diese Bemerkung nicht verkneifen. Und er führte sie noch weiter aus, als so dekadent empfand er dieses Gebaren der sogenannten High Society. »Sie machen Verträge für alle Eventualitäten. Sogar ihre Ehen sichern sie durch Verträge ab und gehen scheinbar bereits bei der Hochzeit davon aus, dass die Beziehung scheitern könnte. Das ist ziemlich schräg. Finden Sie das nicht auch, Steinmann?«

»Da haben Sie recht, Herr Kommissar«, pflichtete sein Kollege ihm bei.

Falck wandte sich nach diesem Zwiegespräch wieder an den Diener des Hauses. »Ich nehme an, dass Sie für Ihre vertraglich vereinbarten Dienste trotz der Ermordung Ihrer Arbeitgeberin weiterhin gut bezahlt werden?«

Stolz führte der Bedienstete aus: »Selbstverständlich. Für meine Entlohnung ist gesorgt. Es gibt ein Stiftungskonto, aus dem mein Gehalt so lange gezahlt wird, bis alle Angelegenheiten geregelt sind und das Haus veräußert wurde. Auch der Makler wurde damals beauftragt für den Fall, dass es erforderlich werden würde. Das Geld aus dem Hausverkauf fließt in die Erbmasse und wird ebenfalls der Stiftung zugeführt werden, die bereits testamentarisch festgelegt worden ist.«

Nach diesen Worten ließ er die beiden Beamten eintreten.

Bevor sich Kommissar Falck und sein Kollege Steinmann die Handschuhe überstreiften, musste der Diener ihnen versprechen, sich nach der Hausdurchsuchung zu ihrer Verfügung zu halten. Sie hätten noch ein paar Fragen an ihn.

Schließlich widmeten sich die beiden Beamten ihrer detektivischen Arbeit und untersuchten akribisch jeden Zentimeter des Hauses.

Im Schlafzimmer der Ermordeten entdeckte Kommissar Falck einen Stapel zerknitterter und wieder auseinandergefalteter Zettel, die alle die gleiche Aufschrift trugen:

Diese Zahlen besiegelten ein Schicksal:
9, 5, 2, 4, 0, 0, 0, 0!
Du undankbares Miststück!
Bald kommt dein Schicksalsschlag!

»Das klingt nach einer Abrechnung. Was denken Sie, Steinmann?«, fragte er und reichte einen der Zettel an seinen Kollegen weiter.

»Stimmt, das klingt bedrohlich. Also war mit Schicksalsschlag vermutlich die grausame Ermordung gemeint«, entgegnete Matthias Steinmann.

»Es sieht so aus. Jetzt kennen wir immerhin die komplette Botschaft. Auf dem Fetzen, den Gruber aus dem Mund der Ermordeten geborgen hatte, konnten wir doch nur noch ein paar verschwommene Zahlen erkennen. Wir müssen unbedingt herausfinden, was es mit diesen Zahlen auf sich hat«, stellte Falck fest, nahm sein Handy zur Hand, fotografierte eine der Botschaften und sendete das Foto an den Kollegen Jonas. »Vielleicht gelingt es Jonas jetzt, die Zahlen zu entschlüsseln, wenn er sie komplett vor sich liegen hat.«

Nur wenige Minuten später ploppte das Nachrichtensignal auf Falcks Handy auf. Absender war Marcus Jonas. Gespannt öffnete Kommissar Falck die Nachricht. Die Nachricht enthielt in der ersten Zeile die Zahlenfolge 09052004 und in der zweiten Zeile die gleiche Zahlenfolge als Datum geschrieben. Dahinter hatte Jonas einen grinsenden und zwinkernden Smiley gesetzt.

Der Kommissar rief, und seine braunen Augen leuchteten dabei vor Begeisterung:

»Steinmann, schauen Sie mal, das ist doch das Datum des Tages, an dem Christian Ackerfeld verschwunden war, der 09.05.2004. Das ändert natürlich die Sache. Es scheint so, als hätte jemand ein Interesse daran, späte

Rache zu nehmen. Jetzt ist dieser Typ dringend tatverdächtig. Wir werden ihn zur Fahndung ausschreiben.«

Wieder im Erdgeschoss angelangt, wurden Falck und Steinmann bereits erwartet. Mit einer einladenden Handbewegung deutete der Diener der Ermordeten auf den mit einem exquisiten Kaffeegeschirr gedeckten Tisch.

Es duftete verführerisch nach frisch gebackenen Plätzchen und aromatischem Kaffee.

»Das ist eine nette Geste, wir sind aber nicht zum Kaffeekränzchen gekommen«, sagte Kommissar Falck und nahm Platz.

»Och nee!«, warf der Kollege Steinmann ein und ließ sich enttäuscht neben ihm auf das Sofa plumpsen. »Nicht mal ein Plätzchen?«, quengelte er.

»Nein!«, zischte Falck mit zusammengebissenen Zähnen und trat seinem Kollegen unmissverständlich unter dem Tisch vor das Schienbein.

Steinmann, der den Arm bereits in Richtung Tisch ausgestreckt hatte, zuckte zusammen, und sein Arm schnellte zurück. Mit zerknirschter Miene saß er da, wie ein Häufchen Elend ins Sofa gekauert.

»Dann darf ich Ihnen nicht einschenken?«, fragte der Gastgeber nach.

Falck schüttelte nur unmissverständlich den Kopf.

Da der Diener daraufhin noch immer keine Anstalten machte, sich ebenfalls zu setzen, forderte der Kommissar ihn dazu auf: »Bitte setzen Sie sich! Wir haben ein paar Fragen an Sie.«

Falck legte sein kleines Notizbuch vor sich auf den Tisch. Er sah sich als ein Verfechter der alten Schule. Moderne Technik hielt er zwar für wichtig und bemühte sich, dabei stets auf dem Laufenden zu bleiben. Für seinen Denkprozess jedoch fand er es wichtig, die Dinge aufzuschreiben und zwischen den Fakten hin und her blättern zu können. Als er seine Vorbereitungen beendet hatte, forderte er den Diener auf: »Nun verraten Sie uns zuerst einmal, wie Sie heißen!«

»Ich heiße Ewald Plaschke, Herr Kommissar«, antwortete dieser, nachdem er sich endlich den beiden Beamten gegenüber an den Tisch gesetzt hatte.

»Wie lange sind Sie schon im Dienst für Familie Wöller?«, erkundigte sich Falck weiter.

Plaschke straffte die Schultern und erklärte mit stolzgeschwellter Brust: »Ich diene der Familie Wöller bereits seit vierzig Jahren. So ein schreckliches Ereignis hätte ich nie für möglich gehalten. Frau Wöller Junior verhielt sich immer taff und selbstbewusst. Allerdings hatte sie sich zum Teil mit zwielichtigen Typen eingelassen.«

»Die da wären?«, hakte der Kommissar nach.

Der Befragte blickte zu Boden, als würde er sich schämen, die Geheimnisse seiner Brotgeberin offenzulegen: »Da gab es zum Beispiel diesen Tim, ein richtiger Schlägertyp, wenn Sie mich fragen. Der war ein Kerl wie ein Baum. Dem mochte man nicht im Dunkeln begegnen. Aber die gnädige Frau ließ ihn sogar hier wohnen. Seit circa drei Monaten sah ich ihn jedoch nicht mehr im Haus. Ich meine, einen Streit zwischen den beiden gehört zu haben, natürlich unfreiwillig. Niemals würde ich die gnädige Frau belauschen.« Bei diesen Worten hob er den Kopf und sah die beiden Kriminalbeamten, um Verständnis bittend und mit einem zaghaften Lächeln, an.

»Nein, natürlich nicht«, stimmte ihm der Kommissar betont ernst zu. »Sie sprachen vorhin von mehreren zwielichtigen Typen. Wen haben Sie noch damit gemeint?«, ermunterte er den Bediensteten, weiter Auskunft zu geben.

Plaschke fuhr fort: »Da gab es diesen Techniker von der Handwerkervermittlung, der für mein Dafürhalten ziemlich viel rumgeschnüffelt hat. Ich glaube, der hieß Hans. Aber die Gnädigste wollte nichts davon hören, wenn ich Bedenken geäußert habe.«

»Sind sich diese beiden Herren irgendwann mal begegnet?«, fragte Falck.

»Ja, das geschah kurz nach dem Streit zwischen diesem Tim und der gnädigen Frau«, bestätigte Herr Plaschke.

»Interessant. Bitte suchen Sie mir die Rechnung der Servicefirma raus, damit wir den vollständigen Namen des Technikers haben!«, forderte Falck den Diener auf.

Da Herr Plaschke daraufhin angab, dass das Heraussuchen der Unterlagen ein wenig dauern würde, bat Kommissar Falck ihn, das geforderte Dokument am nächsten Tag zur Dienststelle zu bringen. Er bedankte sich für die hilfreichen Auskünfte und verließ wenige Minuten später mit dem noch immer schmollenden Kollegen Steinmann das Anwesen.

Am nächsten Morgen erschien Ewald Plaschke gleich morgens um acht Uhr auf der Polizeidienststelle in Falkensee.

Beim Betreten des Gebäudes hätte er Kommissar Falck fast über den Haufen gerannt, der im Zwischenraum der Automatiktür stehenblieb und offensichtlich etwas in seinen Jackentaschen suchte. Abrupt drehte der Beamte sich um und wollte wieder hinausgehen. Im letzten Moment bemerkte der ehemalige Diener von Ida Wöller den Beamten und trat geistesgegenwärtig einen Schritt zur Seite.

»Guten Morgen, Herr Kommissar«, grüßte er freundlich und ließ sich seinen Schreck von eben nicht anmerken.

»Guten Morgen, Herr Plaschke«, erwiderte Falck. Dabei vergaß er anscheinend, dass er gerade auf dem Weg nach draußen gewesen war und forderte den Besucher auf: »Gut, dass ich Sie treffe. Ich hätte noch eine Frage an Sie, möchte das aber nicht hier im Vorraum klären. Wären Sie so freundlich, mich nach hinten in mein Büro zu begleiten?«

»Selbstverständlich!«, antwortete Plaschke und folgte dem Kommissar. In dessen Büro angekommen, blieb er stehen und wartete höflich auf die Aufforderung, sich zu setzen.

Es dauerte ein paar Minuten, bis Kommissar Falck den PC hochgefahren und sein Notizbuch durchgesehen hatte, wobei er mehrmals die Stirn runzelte und leise vor sich hinmurmelte. Endlich richtete er seine volle Aufmerksamkeit auf den vor ihm Sitzenden und sagte: »Es gibt da etwas, was ich bei unserem Gespräch im Haus der Familie Wöller vergessen hatte zu fragen. Sind Sie immer im Haus, rund um die Uhr, oder verlassen Sie das Anwesen von Zeit zu Zeit?«

»Ich habe ein eigenes kleines Zimmer im Haus, das ist Ihnen bereits bekannt. Es gibt aber durchaus Zeiten, in denen ich unterwegs bin, zum Einkaufen oder für Botengänge. Und ich habe freie Nachmittage, in denen ich regelmäßig meine Mutter besuche, die in einer Servicewohnanlage lebt. Bei diesen Gelegenheiten bin ich natürlich nicht in der Villa. Sie müssen wissen, dass ich ein sehr enges Verhältnis zu meiner Mutter habe und jede freie Minute nutze, um bei ihr sein zu können«, erklärte der Angestellte.

»Wer außer Ihnen und Frau Wöller wusste, wann Sie freihaben? Es handelt sich doch sicher immer um die gleichen Nachmittage in der Woche, oder?«, fragte Falck weiter.

»Niemand anderes wusste davon«, antwortete der Befragte, »ich bekam immer dienstags und donnerstags den Nachmittag frei.«

»Was ich damit eigentlich fragen wollte«, setzte Falck fort, »befanden Sie sich in der Villa, als Ida Wöller ihr Zuhause verließ und nicht mehr zurückkehrte?«

Ewald Plaschke rutschte unruhig auf seinem Stuhl hin und her und wurde plötzlich weiß um die Nase. »Sie meinen, der Mörder könnte die gnädige Frau aus unserem Haus entführt und anschließend getötet haben?«

»Ja, das könnte möglich sein. Aber Sie haben meine Frage noch nicht beantwortet«, sagte Falck barsch.

»Ich befand mich tatsächlich nicht in der Villa. Meine Mutter erlitt zu dieser Zeit einen Unfall. Aus bisher nicht geklärter Ursache stürzte sie mit ihrem Rollstuhl eine Treppe hinunter und musste ins Krankenhaus. Ich erinnere mich noch genau, dass das am Mittwoch vor dem Vatertag geschah. Eigentlich verbrachte ich diesen Tag immer mit meiner Mutter gemeinsam in der Gartenanlage, die zum Servicewohnen gehörte. In diesem Jahr mussten wir uns mit dem Krankenhauszimmer zufriedengeben, und ich fühlte mich von Dank erfüllt, dass meine Mutter überhaupt noch lebte. Sie erlitt zum Glück nur ein paar Prellungen und natürlich einen gehörigen Schock. Daher erhielt ich vier Tage Sonderurlaub, um alles zu organisieren und vor allem um bei ihr sein zu können. Ich mache mir schreckliche Vorwürfe, dass ich nicht zur Polizei gegangen bin, nachdem ich die gnädige Frau selbst nach meiner Rückkehr von meiner Mutter mehrere Tage nicht zu Hause antraf. Es war bis zu diesem Tag noch niemals vorgekommen, dass Frau Wöller nicht in der Villa schlief, ohne vorher für die Dauer ihrer Abwesenheit Anweisungen zu geben. Aber ich dachte mir, sie würde schon ihre Gründe haben, warum sie außer Haus blieb, und außerdem konnte sie mir gar nicht Bescheid sagen, da ich mich um meine kranke Mutter kümmerte.«

Der Kommissar nickte mitfühlend. Er versicherte Herrn Plaschke, dass er sich nichts vorzuwerfen hätte. Schließlich handelte es sich bei Ida Wöller um eine erwachsene Frau, die sich sehr gut allein helfen konnte und schließlich nicht auf den Mund gefallen war. Wie hätte er denn ahnen können, dass so etwas Schreckliches passierte.

Der Kommissar bat seinen Besucher, noch einen Moment zu warten, bis das Protokoll über beide Zeugenaussagen ausgedruckt sein würde.

Wenige Minuten später reichte Falcks Kollege Steinmann das fertige Protokoll herein.

Plaschke unterschrieb, ohne es noch einmal zu lesen, und verließ beunruhigt das Büro.

Kapitel 12

2024

Als Sophie am Montagvormittag ihren Dienst in der Klinik antrat, erhaschte sie einen Blick auf die Tageszeitung, die auf dem Nachttisch einer Patientin lag. Sie erstarrte und schaute noch einmal genauer hin. Mit großen Buchstaben schrie ihr der Name Ida Wöller von der Schlagzeile auf dem Titelblatt entgegen.

Der sonst so versierten Krankenschwester sackten die Beine weg. Ihr wurde schwarz vor Augen.

»Sophie, um Gottes willen, was ist mit dir«, rief Walerie, als sie ebenfalls das Krankenzimmer betrat und ihre Freundin am Boden liegen sah. Schnell eilte sie ihr zu Hilfe. In dem Augenblick, als Walerie sich zu der Ohnmächtigen hinunterbeugte, schlug diese ihre Augen auf und blickte sie erstaunt an. Sophie deutete wortlos auf den Zeitungsartikel.

Walerie sah ihre Freundin besorgt an. »Du siehst aus, als hättest du einen Geist gesehen«, sagte sie. »Was ist? Kennst du die Frau?«

Sophie flüsterte: »Das ist die Frau, die meinen vor zwanzig Jahren verschollenen Freund in der Schulzeit so sehr gemobbt hat, dass er mit Abschluss der zehnten Klasse vom Gymnasium abgegangen ist. Und diese Frau hatte er am Tag seines Verschwindens im Buchladen gesehen.«

»Das ist krass«, befand Walerie. »Ich glaube, ich verstehe dein Entsetzen.« Sie drückte mitfühlend Sophies Hand. Die Patienten um sich herum hatte sie vergessen. Jetzt zählte nur eins, ihrer lieben Sophie Trost zu spenden und ihr wieder einmal durch eine schwere Zeit hindurchzuhelfen. Fürs Erste hörte sie ihrer Freundin nur zu, die ihr ihre augenblickliche Gefühlslage genau beschrieb und ebenfalls vergessen zu haben schien, dass sie sich auf der Arbeit in einem Krankenzimmer befanden.

»Ich fühlte mich augenblicklich in diese schreckliche Zeit nach Christians Verschwinden zurückversetzt. Du weißt doch, wie ich damals total neben mir stand. Hätte ich dich nicht an meiner Seite gehabt, wäre ich komplett verrückt geworden. Was ist, wenn ich jetzt wieder bei der Polizei vorgeladen werde und ich das alles noch mal durchleben muss. Es war alles so schrecklich damals.«

»Es tut mir leid«, sagte Walerie und nahm ihre Freundin in den Arm. Sie wiegte sie wie ein Kind hin und her. »Aber jetzt musst du dich erst einmal zusammenreißen. Schaffst du das? Wir sind doch diejenigen, die sich um die Patienten kümmern, und nicht umgekehrt. Schau mal, wie verstörend wir gerade auf die uns Anvertrauten wirken! Komm, wir machen jetzt unseren Job, und nach der Arbeit reden wir noch mal, okay?«

Walerie nahm ein Taschentuch aus einer der Boxen, die überall in den Patientenzimmern standen, und trocknete ihrer Freundin die Tränen. Danach reichte sie ihr die Hand und zog sie mit einem kräftigen Schwung nach oben.

Sophie atmete einmal tief durch, sammelte sich und nickte ihrer Freundin und den Patienten zu. Schließlich widmete sie sich wieder konzentriert ihren Aufgaben.

Tatsächlich wurde Sophie bereits zum darauffolgenden Tag von Herrn Steinmann aufs Polizeirevier bestellt.

Mit einem unguten Grummeln in ihrem Bauch betrat sie das Gebäude. Vor der Tür zum Büro von Kommissar Falck zögerte sie kurz. Dann fasste sich die ehemalige Freundin von Christian Ackerfeld ein Herz und drückte die Klinke herunter.

»Guten Tag, Frau Jäger. Schön, dass Sie es einrichten konnten«, begrüßte sie der Kommissar freundlich und reichte ihr die Hand. »Herrn Steinmann kennen Sie bereits. Außerdem darf ich Ihnen Frau Liebig, unsere Psychologin, vorstellen. Sie wird bei unserem Gespräch heute dabei sein.«

Sophies Unbehagen löste sich langsam auf und wich einer riesengroßen Neugier.

»Guten Tag. Weshalb wollten Sie mich sprechen?«, fragte sie. »Haben Sie eine Spur von Christian gefunden?« Dabei tat ihr Herz einen kleinen Sprung.

»Wir glauben tatsächlich, ihren damaligen Freund gesehen zu haben. Ihre Frage deutet darauf hin, dass er sich nicht bei Ihnen gemeldet hat. Liege ich richtig mit der Annahme?« wendete sich nun Kollege Steinmann an Sophie.

»Ich habe ihn seit damals nicht gesehen und bisher nichts von ihm gehört«, erwiderte sie. »Wo wollen Sie ihn denn gesehen haben?«, fragte sie weiter.

»Bei Lidl«, erklärte Steinmann. »Wenn er es war, trägt er jetzt einen Vollbart.«

Sophies Gefühle fuhren Achterbahn. Einerseits wünschte sie sich nichts sehnlicher, als dass Christian noch lebte. Andererseits hatte sie furchtbare Angst, er könnte etwas mit dem Mord an der im Wald gefundenen Frau zu tun haben. Außerdem war sie sehr enttäuscht, dass er, sollte er es tatsächlich sein, sich noch nicht bei ihr sehen gelassen hatte. Dazu kam noch die Sache mit der Zeit. Zwanzig Jahre! So lange kein Lebenszeichen! Warum sollte er erst nach so langer Zeit wieder auftauchen?

Die ehemalige Freundin von Christian Ackerfeld versuchte, sich ihre zwiespältigen Gefühle nicht anmerken zu lassen. Auf ein aufmunterndes Nicken von Frau Liebig hin straffte Sophie die Schultern, erhob sich von ihrem Stuhl und verabschiedete sich mit betont sicherer Stimme von den beiden Beamten und der Psychologin.

Kommissar Falcks Gesicht spiegelte Sophies Enttäuschung wider. »Es tut mir sehr leid, dass wir Ihnen immer noch nicht mehr zu dem Fall Ihres verschwundenen Freundes sagen können«, sagte er. »Wir glauben aber inzwischen mit ziemlicher Sicherheit, dass Ihr Christian damals nicht zu Tode gekommen ist. Bitte versprechen Sie mir, dass Sie sich umgehend melden, sollte Herr Ackerfeld den Kontakt zu Ihnen suchen.«

»Ich verspreche es«, versicherte Sophie und verließ das Büro.

Kapitel 13

2024

Kurze Zeit später erschienen Marie Hase und ihr Mann Hans auf dem Polizeirevier. Die kommenden Minuten würden die schwersten in der bisherigen Polizistenlaufbahn von Matthias Steinmann werden. Es war ihm unglaublich unangenehm, Marie vor ein paar Wochen weggeschickt zu haben, als diese ihre Freundin als vermisst hatte melden wollen.

Hans Hase ließ seinem Unmut über diesen Umstand freien Lauf. »Was haben Sie sich nur dabei gedacht, meine Frau nicht ernst zu nehmen und einfach fortzuschicken?«, wetterte er. »Sie hat sich die Augen aus dem Kopf geheult vor lauter Angst. Und nun, wo es zu spät ist, macht sie sich Vorwürfe, obwohl das Versagen offensichtlich nicht bei ihr lag«.

»Bitte beruhigen Sie sich doch«, bat Steinmann. »Ich musste mich an die gesetzlichen Vorgaben halten. Es tut mir unendlich leid, und ich spreche Ihnen hiermit mein tiefempfundenes Beileid aus.«

Er reichte beiden die Hand und bat sie Platz zu nehmen.

»Ich habe Sie jedoch aus einem anderen Grund hergebeten. Kommissar Falck wird gleich bei Ihnen sein und Ihnen alles erklären. Bitte haben Sie noch einen Augenblick Geduld!«, sagte er und setzte sich an seinen Schreibtisch.

Frau Hase kam der Aufforderung sofort nach. In ihren Augen schimmerten Tränen, und sie wirkte sehr zerbrechlich.

Ihr Mann hingegen sah noch immer sehr wütend aus und setzte sich nur widerwillig. »Das glaube ich jetzt nicht. Was fällt Ihnen ein, uns warten zu lassen. Das ist der Gipfel der Unverschämtheit«, schimpfte er.

Bei diesen Worten zuckte seine Frau zusammen. Sie sah ihrem Hans mit tränenverschleiertem Blick in die Augen und flüsterte: »Ach Liebling, bitte lass gut sein! Damit bringst du Ida nicht zurück.«

Hans Hase grummelte noch ein wenig vor sich hin. Endlich gab er Ruhe und wartete geduldig auf das Eintreffen des Kommissars.

Wenige Minuten später betrat Kommissar Falck in Begleitung von Frau Liebig das Büro. Er eilte auf Herrn und Frau Hase zu, reichte ihnen die Hand, stellte kurz seine Mitarbeiterin vor und sagte mitfühlend: »Bitte entschuldigen Sie, dass Sie warten mussten. Es ist doch so schon alles schlimm genug für Sie. Ich bedaure Ihren Verlust und spreche Ihnen mein Beileid aus. Es muss für Sie entsetzlich sein, auf welche Art Ihre Freundin zu Tode kam.

Ich möchte Ihnen mein Bedauern ausdrücken, dass mein Kollege Ihre Vermisstenmeldung vor circa zwei Wochen nicht ernst nahm. Unsere Vorschriften ließen ihm leider keine andere Wahl. Wir haben vielleicht eine Spur, die uns zum Mörder von Ida Wöller führen könnte. Dafür brauchen wir jedoch Ihre Hilfe. Wir fanden auf einem Zettel bei der Leiche diese Aufschrift. Der Kollege sagte mir, dass Sie ihm von geheimen Botschaften erzählt hätten, die Ihre Freundin Ida bekam. Sagen Ihnen diese Zahlen etwas?«

Marie verneinte.

»Wissen Sie vielleicht, wann und in welchen Abständen Ihre Freundin diese Botschaften bekam?«

»Das kann ich Ihnen genau sagen, Herr Kommissar«, antwortete Marie.

»Am achten Mai erhielt ich einen beunruhigenden Anruf. Ida flüsterte mit ängstlicher Stimme, dass sie mir unbedingt etwas erzählen müsste und zitierte mich ins Altstadtcafé nach Berlin Spandau.

Ida stellte eigentlich keine zartbesaitete Persönlichkeit dar. Man sah ihr ihr Alter von dreiundvierzig Jahren nicht an. Sie wirkte sportlich, hatte immer eine scharfe Antwort auf der Zunge und sparte nicht mit Nackenschlägen gegenüber ihren Mitmenschen, auf die sie durchweg herabblickte. Ich wunderte mich sehr, dass sie sich plötzlich Hilfe suchend an mich wandte, da sie mein Ersuchen nach freundschaftlicher Verbundenheit immer wieder aufs Neue ausgeschlagen hatte. Aufgeregt fuhr ich mit dem Bus bis zur Moritzstraße und lief von dort zum verabredeten Treffpunkt.

Als ich im Café ankam, entdeckte ich Ida an einem kleinen Tischchen. Sie stach mir sofort ins Auge mit ihren sündhaft teuren Designerklamotten. Vollkommen untypisch schaute sie sich suchend um, und ihre Bewegungen wirkten fahrig.

Sie winkte mich ungeduldig zu sich heran und herrschte mich an, warum ich jetzt erst käme. Ich war an diese Behandlung so sehr gewöhnt, dass ich mich augenblicklich entschuldigte.

Sie hatte mir ein Wasser bestellt, während sie sich selbstverständlich Champagner gönnte. Artig nippte ich an meinem Getränk.

Dabei beobachtete ich verwundert, wie Ida einen blütenweißen Umschlag aus ihrer Tasche nahm. Auf dem Brief stand ihre Adresse, jedoch kein Absender.

Ida entnahm dem Umschlag einen Briefbogen aus feinstem Büttenpapier. Sie zeigte mir den auseinandergefalteten Bogen. Er enthielt einen mit Feder und Tinte in akkurater Normschrift geschriebenen Text.

Die Worte und Zahlen erschreckten mich zutiefst, ich konnte mir jedoch keinen Reim darauf machen. Auf dem Bogen stand Folgendes:

Diese Zahlen besiegelten ein Schicksal:
9, 5, 2, 4, 0, 0, 0, 0!
Du undankbares Miststück!
Bald kommt dein Schicksalsschlag!

Ich sagte Ida, sie müsse damit zur Polizei gehen. Sie wies diesen Vorschlag jedoch weit von sich. Stattdessen schallt sie mich wieder ein Dummchen und erklärte mir, dass sie nur wissen wollte, ob ich mit dieser Botschaft etwas anfangen könnte.

Als sie mir schließlich mitteilte, dass sie mir die Botschaft nur gezeigt hätte, weil sie bereits mehrmals in ihrem Kasten war, kroch mir das Entsetzen bis hoch zum Nacken.«

An dieser Stelle unterbrach Kommissar Falck Marie und wirkte sehr ungeduldig. »Sehr geehrte Frau Hase, ich kann mir gut vorstellen, wie sehr Sie das alles mitnimmt. Aber, damit wir vorankommen, müssten Sie bitte meine Frage beantworten. Wann und wie oft hat Frau Wöller diese Briefe erhalten?«

»Natürlich, Herr Kommissar«, stammelte Marie und wandte ihren Blick Hilfe suchend zu Frau Liebig. Ein wohlwollendes Nicken der Psychologin half ihr, sich zu sammeln, und sie fuhr mit fester Stimme fort: »Ich komme sofort zum Punkt. Es begann vier Wochen, bevor Ida mich angerufen hatte, da lag der erste Brief im Kasten. Der zweite kam eine Woche später, der dritte bereits drei Tage darauf. Den vierten brachte der Postbote schon zwei Tage danach, und seit dem zweiundzwanzigsten April landete jeden Tag so ein Brief in Idas Briefkasten.«

»Das haben Sie sich so genau gemerkt? Respekt!«, sagte der Kommissar anerkennend.

Nun lächelte Marie und verzichtete darauf, dem Kommissar zu erzählen, wie sehr sie sich an diesem Nachmittag noch für Ida geschämt hatte, weil diese die Bedienung im Café dermaßen herablassend behandelte, dass sie am liebsten im Erdboden versunken wäre.

»Und Sie können sich keinen Reim darauf machen, was die Botschaft bedeuten könnte?«, hakte der Kommissar noch einmal nach. Wieder verneinte Marie.

»Außerdem wollte ich Sie heute aber wegen einer anderen Sache sprechen. Es geht um das Verschwinden von Christian Ackerfeld vor zwanzig Jahren. Der Fall ist noch immer ungeklärt, und nun verdichten sich die Hinweise, dass der Mann noch leben und wieder aufgetaucht sein könnte. Haben Sie in der Zwischenzeit irgendetwas von dem damals Verschollenen gehört?«

Die Eheleute schüttelten beide den Kopf. Plötzlich blitzte ein Gedanke in Marie auf und platzte förmlich aus ihr heraus: »Sie glauben, dass Christian Ackerfeld Ida ermordet haben könnte?«

Kommissar Falck antwortete mit einer Gegenfrage:

»Würden Sie ihm eine solche Tat zutrauen?«

Marie erwiderte: »Zur damaligen Zeit, auf keinen Fall. Der konnte keiner Fliege was zuleide tun. Ich empfand immer furchtbares Mitleid mit ihm, und ich schämte mich oft für Ida, wenn Sie ihn niedermachte. Der arme Kerl hat sich alles gefallen lassen und sich immer mehr in sich selbst zurückgezogen, bis er schließlich nach der zehnten Klasse die Schule verließ. Ich fand das damals sehr eigenartig, da er ein Eins-a-Vorzeigeschüler war, mal abgesehen vom Sport. Als ich ihn jetzt dort in diesem wunderbaren Geschäft in Falkensee sah, dachte ich, er hätte seine Bestimmung gefunden. Christian begeisterte sich schon als kleiner Junge für Bücher.«

»Haben Sie vielen Dank für die Auskunft. Wir sehen uns zur Beisetzung von Ida Wöller. Ich denke, nächste Woche wird der Leichnam freigegeben. Soweit ich weiß, gibt es keine Angehörigen. Mir wurde gesagt, Sie würden sich um die Trauerformalitäten kümmern«, sagte Falck.

»Das ist richtig«, bestätigte die einzige Freundin der Verstorbenen. »Ida war nicht verheiratet. Ihre Eltern verlor sie bereits im Alter von zwanzig Jahren und Geschwister gibt es keine.«

»Hatte Ida außer Ihnen, Frau Hase, keine anderen Freunde oder Vertrauten?«, hakte der Kommissar nach. »Lebte sie immer allein in der Villa, mit Ausnahme ihres Dieners? Ich kann mir nicht vorstellen, dass sie nie einen Liebhaber oder ähnliches bei sich wohnen ließ. Sie war doch eine Frau von Welt und verfügte über einen riesigen Bekanntenkreis. Wie sieht's aus, Frau Hase? Versuchen Sie, sich zu erinnern!«

Marie Hase begann leicht zu zittern. Wieder ging ihr Blick Hilfe suchend zu Frau Liebig und wurde mit einem auffordernden freundlichen Nicken erwidert.

»Es gibt da tatsächlich jemanden, der für meine Freundin ab und zu Dinge erledigt hat, für die sie sich zu schade war. Soweit ich weiß, wohnte er zeitweise sogar bei ihr in der Villa. In der Schulzeit waren die beiden immer zusammen, wenn es um Erpressung und Niedermachen von Schwächeren ging. Tim, so hieß der Typ, half Ida, ihre Angriffe auf schwächere Schüler durchzuziehen und setzte diese mit Gewalt unter Druck. Ich mochte ihn nie, ein richtiger Schlägertyp war das.«

Bei dieser Bemerkung seiner Frau ließ Hans Hase plötzlich das Schlüsselbund fallen, das er während des gesamten Gespräches in der Hand hielt.

»Ist dir nicht gut, Liebling?«, fragte Marie besorgt.

Ihr Mann rutschte unruhig auf seinem Stuhl hin und her und fasste mit der Hand an den Kragen seines Pullovers. »Es ist nichts«, beteuerte er. »Es ist nur verdammt heiß in diesem Raum.«

»Das ist interessant«, bemerkte der Kommissar, das eigenartige Verhalten von Herrn Hase überspielend, aber für sich in seinem Notizbuch festhaltend. »Komisch, dass wir von diesem jungen Mann noch nie etwas gehört haben.«

In Gedanken setzte er hinzu: Moment! Herr Plaschke hatte uns schon wichtige Hinweise zu dem Bekannten von Ida Wöller geliefert. Vielleicht kann der Mann uns bei unserer Suche nach dem Täter weiterhelfen. Wäre doch möglich, dass er uns wertvolle Anhaltspunkte für unsere Ermittlungen liefern kann.

An Marie gerichtet fuhr er fort: »Sie wissen nicht zufällig, wo wir diesen Tim finden können?«

»Nein, tut mir leid, ich weiß nicht, wie er mit Nachnamen heißt«, antwortete Frau Hase.

»Danke, Sie haben uns sehr geholfen. Ich wünsche Ihnen viel Kraft für die nächsten Tage und Wochen«, verabschiedete sich Kommissar Falck bei den Eheleuten.

Als sie die Tür von außen geschlossen hatten, frohlockte sein Kollege Steinmann: »Das hört sich doch nach einer richtig guten Spur an. Wenn Sie einverstanden sind, Herr Kommissar, werde ich gleich mit Jonas sprechen. Mal sehen, was unser Computergenie über diesen Tim herausfinden kann.«

»Das ist eine gute Idee. Einverstanden, Kollege Steinmann«, antwortete Falck.

»Außerdem kann uns bestimmt der ehemalige Klassenlehrer von Christian Ackerfeld, Herr Kadelweit, helfen. Er ist für heute Nachmittag sowieso einbestellt und bringt das Jahrbuch noch einmal mit, welches uns schon 2004 gute Dienste leistete«, ergänzte Steinmann.

»Das ist gut ... Aber, sagen Sie mal, Frau Liebig, finden Sie nicht auch, dass sich Herr Hase eben äußerst seltsam verhalten hat? Unser Büro ist doch nicht überheizt, oder?«, fragte Falck.

»Das ist mir ebenfalls aufgefallen«, meinte die Kollegin. »Er schien mir auf einmal sehr nervös zu sein. Ich hatte den Eindruck, dass das mit der Erwähnung von diesem Tim zusammenhing. Und? Nein, ich finde unser Büro gut temperiert. Eine andere Ursache für das plötzliche Missempfinden bei Hans Hase könnte in den Wechseljahren liegen, die Männern mitunter ebenso zusetzen wie Frauen.«

»Ich denke eher, er hat ein schlechtes Gewissen. Aber warum?«, sinnierte der Kommissar.

Kurz darauf fragte Falck am Empfang nach, ob dort am Sonntagmorgen kein Ordner mit Rechnungsunterlagen der Familie Wöller abgegeben wurde.

Mit hochrotem Kopf und einer gestammelten Entschuldigung legte der diensthabende Polizist schließlich die gewünschte Mappe auf seinen Schreibtisch.

Beim Durchsehen der Dokumente machte Falck eine überraschende Entdeckung. »Das gibt's doch nicht. Schauen Sie mal, Steinmann, der Techniker ist Hans Hase, der gerade unser Büro verlassen hat. Was soll man davon halten? Plaschke sprach doch von einem Streit. Ist Herr Hase eventuell involviert in die Geschichte und bekam deshalb plötzlich diese Probleme mit unserer Raumtemperatur? Das passierte doch beim Erwähnen des Namens von diesem Tim, oder? Ich glaube, wir müssen Herrn Hase noch einmal richtig auf den Zahn fühlen. Der weiß mehr, als er seiner Frau gegenüber zugeben will.«

Nun mussten sie jedoch erst mal auf Herrn Kadelweit warten. Dieser erschien pünktlich zum vereinbarten Termin und hatte das angeforderte Jahrbuch dabei.

Der ehemalige Klassenlehrer von Christian Ackerfeld zeigte sich entsetzt über den schrecklichen Tod von Ida Wöller. Er hatte das Mädchen zwar nicht sonderlich gemocht, einen solchen Tod, noch dazu, wenn man mitten im Leben stand, würde er selbst seinem schlimmsten Feind nicht wünschen. Herr Kadelweit war überrascht und erfreut über die Möglichkeit, dass sein ehemaliger Schüler Christian noch am Leben sein könnte.

»Würden Sie Herrn Ackerfeld eine solche Tat zutrauen?«, fragte ihn der Kommissar.

Herr Kadelweit schüttelte vehement den Kopf und erwiderte: »Nie im Leben. Das war ein feiner Junge. Selbst nach diesen vielen Jahren glaube ich das nicht.«

Nun legte Falck einen der Zettel mit der geheimen Botschaft auf den Tisch. »Wir haben herausgefunden, dass diese Zahlen das Datum des Tages von Christian Ackerfelds Verschwinden ergeben. Es könnte doch sein, dass er zurückgekehrt ist, um sich für die Gemeinheiten zu rächen. Meinen Sie nicht auch?«, kombinierte er weiter.

Der Lehrer blieb bei seiner Einschätzung. »Das glaube ich trotzdem nicht. Vielleicht gibt es aber jemanden, der genauso leiden musste? Oder es handelt sich um einen Rächer, der es entsetzlich fand, wie Frau Wöller ihre Mitmenschen behandelt hat? Haben Sie mal in diese Richtung gedacht?«

Falck nickte und stimmte grummelnd zu: »Natürlich haben wir das. Wir ermitteln in alle Richtungen.«

»Nichts für ungut«, beschwichtigte Herr Kadelweit, »ich wollte Ihnen nicht zu nahe treten. Ich lasse Sie jetzt Ihre Arbeit machen und bin mir sicher, dass Sie den Täter oder die Täterin finden werden. Auf Wiedersehen.«

»Na, dann werden wir mal weitermachen. Dass Lehrer immer so sehr von sich überzeugt sein müssen! Furchtbar! Aber im Grunde hat er recht. Also, ab in den Besprechungsraum und an die Arbeit!« Kommissar Falck dachte laut nach. »Wenn dieser Tim ein Schulkamerad der Ermordeten war, kann uns bestimmt das Jahrbuch der Schule weiterhelfen. Wo haben wir das hingelegt, Steinmann? Ah, ich sehe es schon. Nehmen Sie es bitte mit, Steinmann, dann können wir gleich nachschauen!«

Frau Liebig, Herr Jonas und Herr Pretzel saßen bereits, in eine angeregte Diskussion vertieft, vor der Pinnwand.

Als Steinmann nun mit dem Chef gemeinsam den Raum betrat, blieb ihm vor Staunen der Mund offen stehen.

Auf dem langen Tisch am Fenster türmten sich belegte Brötchen, hübsch angerichtet mit Mandarinenstückchen und kleinen Gürkchen.

Matthias Steinmann blickte fragend zu seinem Vorgesetzten. »Langen Sie tüchtig zu, Kollege!«, forderte Falck ihn freundlich auf. »So muss ich nicht warten, bis sie sich gestärkt haben, und Sie brechen mir nicht wieder fast zusammen.«

»Chef, das war die beste Idee, die Sie jemals hatten«, jubelte Steinmann und griff sich gleich zwei belegte Brötchen auf einmal.

Die anderen, mit Ausnahme von Kommissar Falck, ließen es sich ebenfalls schmecken.

»Ich nehme an, Frau Liebig hat Sie bereits über die Zeugenbefragungen in Kenntnis gesetzt, Kollegen?«, erkundigte sich Falck. »Sie wissen also, dass der Mordfall im Zusammenhang mit dem Vermisstenfall aus dem Jahr 2004 steht. Kollege Jonas konnte die Zahlen entschlüsseln, und sie ergeben exakt das Datum des Verschwindens von Christian Ackerfeld vor zwanzig Jahren. Und dieser Tim spielt dabei wahrscheinlich eine nicht unerhebliche Rolle. Er soll ein ziemlich enges Verhältnis zur Ermordeten gehabt haben. Wir haben hier das Jahrbuch der Schule, in die Christian Ackerfeld bis zur zehnten Klasse ging. Jetzt wollen wir doch mal schauen, ob wir darin den Nachnamen dieses netten Knaben finden.«

Der Kriminalkommissar legte das dicke Jahrbuch auf den Tisch und wurde bereits auf der vierten Seite fündig.

Tim Wetzel hieß der Gesuchte also.

Falck bat den Kollegen Jonas, die jetzige Anschrift von Herrn Wetzel zu ermitteln.

»Ich bestelle ihn zur Befragung ein, sobald der Kollege die Adresse herausgefunden hat«, warf sich Steinmann in Positur, während er sich genüsslich über seinen Bauch strich und bereits sein fünftes belegtes Brötchen in sich hineinstopfte. Dabei grinste er von einem Ohr zum anderen.

Der Kommissar kam nicht umhin, ebenfalls zu schmunzeln. Er freute sich, dass seine Überraschung gut ankam und dass sie auf diese Art und Weise ohne Unterbrechung an dem Fall arbeiten konnten.

Schließlich straffte er sich, riss sich vom lustigen Anblick seines Kollegen los und forderte Frau Liebig auf, eine Einschätzung zur Person von Christian Ackerfeld zu geben. Er selbst ergänzte nach ihren Ausführungen die Aussagen des ehemaligen Klassenlehrers, Herrn Kadelweit, zur Person des Gesuchten.

»Damit beenden wir unsere Zusammenkunft für heute. Herr Pretzel, Sie geben bitte die Suchmeldungen für Christian Ackerfeld und Tim Wetzel an die Presse weiter, jedoch ohne Erläuterung der Zusammenhänge!

Ich mache mich auf den Weg zur Reparaturfirma, bei der Hans Hase angestellt ist. Vielleicht werde ich dort in Erfahrung bringen, worum es bei dem Streit zwischen dem Handwerker und dem Freund von Ida

Wöller ging und in welchen Häusern der Mann noch gearbeitet hat.«

Dreißig Minuten später betrat Kommissar Falck das Firmengelände. Hier herrschte ein ohrenbetäubender Lärm, Lieferwagen und Gabelstapler schoben sich aneinander vorbei. Der Weg zum Gebäude glich einer Slalomstrecke, da überall Berge mit Material aufgeschichtet lagen und diverse Paletten, gefüllt mit allen möglichen Werkstoffen, herumstanden.

Der Kriminalbeamte seufzte erleichtert auf, als er endlich die Eingangstür des Bürohauses erreichte und sie schließlich, alle Geräusche um ihn her eindämmend, ins Schloss fiel. Er durchquerte den Flur, in dem sämtliche Türen zu den angrenzenden Räumen offen standen. Aus dem Büro der Tür gegenüber wurde er von einer mürrisch klingenden, tiefen Männerstimme zurechtgewiesen: »Zutritt für Betriebsfremde verboten!«

Der Kommissar ließ sich davon nicht beeindrucken. Er zückte im Weiterlaufen seinen Dienstausweis und sagte, als der zur Stimme gehörende Mann in sein Blickfeld kam: »Ich bin Kommissar Falck, ich ermittle in einem Mordfall, da werden Sie eine Ausnahme machen müssen.«

»Entschuldigung! Das wusste ich nicht. Wie kann ich Ihnen helfen?«, fragte der Firmenangestellte.

»Ich würde gern Herrn Hans Hase sprechen. Er kann mir bei dem Fall eventuell weiterhelfen. Ist er zufällig im Haus?«, antwortete Falck.

»Da haben Sie aber Glück, er sucht gerade das Material für seine nächste Servicetour zusammen. Sie finden ihn im Materiallager, eine Treppe nach unten und danach immer geradeaus. Das können Sie gar nicht verfehlen«, gab der Mitarbeiter nun bereitwillig Auskunft.

Falck bedankte sich, nickte dem bärtigen Mann noch einmal kurz zu und verschwand in Richtung Treppe.

Im Materiallager angekommen, konnte Kommissar Falck vorerst niemanden entdecken. Er blickte auf mehrere mannshohe Regalreihen, die vor Materialfülle förmlich überquollen.

Er rief: »Herr Hase, sind Sie hier irgendwo?«

»Wer will das wissen?«, erklang hinter einem der Regale eine männliche Stimme, und im selben Moment tauchte am oberen Rand der zweiten Regalreihe ein Gesicht auf.

»Ach sie sind's, Herr Kommissar. Einen kleinen Moment bitte! Ich bin gleich bei Ihnen«, rief Hans Hase. Hastig trat er hinter dem Hindernis hervor, wischte sich die Hände an einem Tuch ab und eilte mit ausgestreckter Hand auf den Kriminalbeamten zu.

Falcks geübter Blick konnte ein leichtes Zittern an der ausgestreckten Hand erkennen. Außerdem nahm er ein Zucken am linken Auge des Mannes wahr. Warum ist er nur dermaßen aufgeregt? fragte sich der Kommissar.

»Was kann ich für Sie tun?«, erkundigte sich Hans Hase, wobei er dem Blick des Kommissars auswich.

Der Beamte kramte in aller Seelenruhe sein Notizbüchlein aus der Jackentasche und blätterte darin, bis er die gesuchte Seite fand. Stirnrunzelnd las er sich seine Notizen noch einmal still durch. Im Augenwinkel nahm er wahr, wie das Zucken im Auge seines Gegenübers immer stärker wurde. »Ich habe noch ein paar Fragen, Ihren Auftrag im Hause von Familie Wöller betreffend«, eröffnete er Herrn Hase. Dieser wechselte bei der Bemerkung die Gesichtsfarbe, und sein Blick irrte zwischen dem Erdboden und den Augen des Kommissars hin und her.

Falck fuhr fort: »Der Diener von Frau Wöller teilte uns mit, dass Sie in ihrem Anwesen einen Reparaturauftrag erledigten. Während Ihrer Tätigkeit dort im Haus registrierte er einen Streit zwischen Ihnen und einem Freund der Ermordeten. Nun meine Fragen: 1. In welchem Verhältnis standen Sie persönlich zu diesem Mann? Und 2. Worum ging es bei dem Streit?«

Ausweichend antwortete Hans Hase: »Lassen Sie mich mal überlegen!« Dann räumte er ein: »Tatsächlich, ich erinnere mich. Ich sollte die Elektrik reparieren. Als ich das Gästezimmer betreten wollte, versperrte mir ein Hüne von einem Meter achtzig den Weg. Ich hatte diesen Mann vorher noch nie gesehen. Er diskutierte mit mir und erklärte mir schließlich, dass ich in seinem Zimmer nichts zu suchen hätte. Ich musste ihm erst den Reparaturauftrag zeigen, bevor er mich endlich meine Arbeit machen ließ.«

»Und Sie wissen nicht, wie der Mann heißt und in welcher Verbindung er zu Frau Wöller stand?«, hakte der Kommissar nach.

»Nein, ich habe keine Ahnung«, beteuerte der Befragte, wobei sein Blick immer heftiger hin und her irrte.

Irgendetwas an seiner Erzählung stimmt nicht, dachte Falck.

An dieser Stelle kam er jedoch nicht weiter. Er hoffte, dass es seinem Kollegen in der Zwischenzeit gelungen war, die Adresse von Tim Wetzel zu ermitteln, sodass sie ihn später nach dem Sachverhalt befragen konnten.

Bevor sich der Kommissar von Hans Hase verabschiedete, ploppte plötzlich eine Idee in seinem Kopf auf. Nach seiner Rückkehr auf der Wache würde er sofort die Spurensicherung in die Villa von Familie Wöller schicken, um alle Fingerabdrücke im Gästezimmer des Hauses zu sichern. Die könnte er anschließend durch das System laufen lassen. Vielleicht fand sich dabei eine Verbindung, die sich ihm bisher noch nicht offenbarte.

Falck forderte sein Gegenüber auf, sich nach Feierabend auf der Wache zur erkennungsdienstlichen Untersuchung einzufinden.

Damit ließ er den jetzt vollkommen verunsichert wirkenden Servicemitarbeiter wieder seiner Arbeit nachgehen.

Als Falck im Büro ankam, präsentierte ihm sein Kollege Steinmann keine guten Nachrichten. Mit geballten Fäusten nahm der Kommissar zur Kenntnis, dass Tim Wetzel abgetaucht zu sein schien. In der Wohnung, unter deren Adresse er gemeldet war, gab es seit Wochen kein Lebenszeichen. Seiner Arbeitsstelle in der Werkstatt eines Sanitätshauses blieb er ebenfalls seit Monaten fern. Es war doch ein Kreuz mit den Ermittlungen. Ein Schritt vor, zwei zurück. Hoffentlich fand sich bald eine Spur des Mannes!

Kapitel 14

2024

Seit der Schulzeit tat er einfach alles für sie. Sie schnipste mit dem Finger, und er lieferte. In jeder erdenklichen Situation hielt er ihr den Rücken frei. Er wohnte in ihrem Haus, ging dort ein und aus, wie ein Bruder. Sie war die Einzige, die ihm ohne Angst gegenübertrat.

Hätte sie mal lieber Angst vor ihm verspürt, ihn etwas besser behandelt und vor allem ernst genommen!

Schließlich kam der Tag, der alles veränderte, der 9. Mai 2004.

Ein wenig in Panik versetzen sollte er ihn, sagte sie. Ihm ordentlich drohen und wenn nötig, die Fäuste einsetzen, damit der Looser sich nicht mehr sicher fühlte.

Folglich schlich er sich in den Laden, als der Typ gerade etwas aus dem Nebenraum holte und ihn nicht sehen konnte. Nach Ladenschluss schlich er sich von hinten an den Eigenbrötler heran und boxte ihm ordentlich in den Rücken. Diese schreckgeweiteten Augen, als der derart Überraschte sich umsah, sein Blick an seinem Gegenüber emporstieg und das panische Erkennen seiner Person einsetzte! Das war es wert, zu später Stunde unterwegs zu sein. Und die Zuneigung, die er sich von ihr dafür erhoffte.

Dann geriet irgendwie alles aus dem Ruder. Der Typ rannte weg, die Treppe hoch, und entwischte in eine Wohnung. Er konnte gerade noch verhindern, dass der Entflohene die Tür von innen schloss. Mit dem Fuß drückte er die Tür auf und drängte den verängstigten Dicken mit mehreren Faustschlägen ins Bad. Das Blut spritzte und lief wie Wasser aus der Nase des Verletzten. Durch die rutschige Blutspur auf den glatten Fliesen geriet er kurz ins Straucheln. Diesen Moment nutzte der Typ aus und floh aus dem Bad. Es polterte mächtig, da der Schwabbel die Treppenstufen mit seinem Rücken herunterrutschte. Autsch, das musste wehgetan haben, dachte er. Panisch, wie der Gepeinigte war, bemerkte er die Schmerzen anscheinend nicht. Er rappelte sich erstaunlich schnell auf und humpelte durch die Ladentür auf die Straße.

Er stürzte hinterher und konnte gerade noch sehen, wie der Typ sich ins Auto schwang, die Tür zuschlug und in einem Affenzahn losfuhr. Das konnte er nicht auf sich sitzen lassen. Er durfte ihn nicht entkommen lassen, bevor er ihm nicht ihre Botschaft übermittelte.

Also folgte er seinem Opfer mit seinem eigenen Wagen. Zu seinem Glück waren die Straßen leer so spät am Abend. Die Verfolgungsjagd führte ihn zu einem Sandweg hinter einer Brücke. Dort erwischte er ihn endlich.

Mann! Blutete dieser Schwächling! Wie ein angestochenes Schwein. Noch ein Schlag auf den Hinterkopf und danach ... flutschte er einfach weg ins Wasser, der Looser! War von diesem Abend an wie vom Erdboden verschluckt, die Dumpfnase. Es hieß, er sei tot.

Damit hatte sie ihn von nun an in der Hand. Sie behandelte ihn immer fieser und herablassender. Dabei wollte er doch schon längst nicht mehr nur ein Bruder für sie sein. Er liebte dieses Biest und konnte sich nichts Schöneres vorstellen, als mit ihr gemeinsam alt zu werden.

Und sie ... wusste das. Sie spielte mit seinen Gefühlen. Immer wieder aufs Neue zog sie ihn an sich und blickte verheißungsvoll, nur um ihn anschließend erneut fortzustoßen.

Eines Tages stellte er sich wieder einmal als Fahrer für die Gnädigste zur Verfügung, um sie zu einer Weihnachtsgala zu fahren.

Da rutschte es ihm raus. Er beichtete es ihr, wie sehr er sie liebte.

Und sie? Sie lachte ihn aus.

Von dem Tag an begann er, sie zu verachten.

Kapitel 15

2024

In den nächsten Tagen nach ihrer Befragung auf der Polizeiwache fühlte sich Sophie ständig beobachtet. Egal, wo sie gerade war, sie glaubte, hinter jeder Ecke einen Verfolger zu sehen.

Am Sonntag nach der Spätschicht auf dem Klinikparkplatz nahm Sophie all ihren Mut zusammen und lief auf die Hausecke zu, hinter der sie ihren Beobachter vermutete. Dort angekommen, blieb sie wie angewurzelt stehen und bekam keinen Ton heraus. Vor ihr stand ein in die Jahre gekommener Christian, mit Vollbart. Der steht ihm überhaupt nicht, dachte Sophie und wunderte sich zugleich, dass sie gar nicht überrascht war, ihn zu sehen.

»Sophie«, hauchte Christian, »es tut mir alles unendlich leid.«

Endlich löste sich die Starre bei seiner ehemaligen Freundin und sie sagte: »Irgendwie wusste ich immer, dass du lebst. Was ist nur geschehen? Wo warst du all die Jahre? Und warum hast du dich nicht gemeldet? Ich bin vor Sorge fast gestorben.«

Auf einmal trat sie erschrocken einen Schritt zurück: »Christian, was hast du getan? Hast du sie getötet?«

»Was?«, fragte er verwundert. »Wen soll ich umgebracht haben?«

»Ida Wöller«, murmelte Sophie, »sie wurde ermordet.«

Christian entwich sämtliche Farbe aus dem Gesicht, und er fasste haltsuchend an die Mauerecke. »Ida Wöller wurde ermordet?«, fragte er. Dabei huschte ein verbitterter Ausdruck über sein Gesicht. »Na ja, das wundert mich nicht. Diese Frau hat so viele Leute getriezt und in den Wahnsinn getrieben. Weißt du, dass sie der eigentliche Grund für mein Verschwinden war?« Christian versuchte, Sophies Blick zu erforschen. Als er darin kein Verständnis fand, sprudelte es aus ihm heraus: »Aber was denkst du denn von mir? Ich bin doch kein Mörder.«

Sophie stand da, wie vom Donner gerührt. Plötzlich entlud sich ihr jahrelang angestauter Ärger. Sie trommelte mit den Fäusten auf Christians Brust und brüllte ihn an: »Wie soll ich das denn nicht denken? Eigentlich kenne ich dich überhaupt nicht. Du bist damals verschwunden, ohne ein Wort, ohne eine Nachricht und warst wie vom Erdboden verschluckt. Ich war rasend vor Sorge und Ungewissheit.« Erschrocken über sich selbst nahm Sophie ihre Hände von Christians Körper. In ruhigerem Ton fuhr sie fort: »Plötzlich tauchten deine Eltern auf, die auch keine Erklärung für all das hatten. Durch deine Mutter wusste ich von Ida Wöller. Sie erzählte mir, dass du von dieser Dame richtig gemobbt worden warst. Wenigstens konnte ich regelmäßig mit deinen Eltern telefonieren, mit ihnen konnte ich über dich sprechen. Aber vor fünf Jahren brach dieser Anker entzwei. Erst starb dein Vater und wenige Wochen später deine Mutter. Jetzt wurde es richtig finster um mich herum. Und zum krönenden Abschluss findet meine Freundin Walerie die Leiche von Ida Wöller. Kurz darauf werde ich bei der Polizei vorgeladen, und sie teilen mir mit, dass du in Falkensee gesehen wurdest. Was, denkst du, bitte schön, soll ich glauben?«

»Oh, mein armes Mädchen«, stammelte Christian nun, »es tut mir so schrecklich leid. Aber, ich versichere dir, ich bin kein Mörder. Und, ich liebe dich noch immer. Bitte lass mich dir alles erklären!«

Seine Mundwinkel umspielten wieder das schüchterne Lächeln, welches Sophie seit ihrer ersten Begegnung an ihm liebte. Sie erinnerte sich an zärtliche Stunden und daran, wie sie ihn bei Kommissar Falck verteidigt hatte.

Ihr Christian konnte keiner Fliege was zuleide tun. Aber, der Mann, der vor ihr stand, glich in seinem Auftreten gar nicht mehr ihrem introvertierten Freund von vor zwanzig Jahren. Er trat selbstbewusst auf, sagte ihr frei heraus, dass er sie liebte und wirkte irgendwie bodenständig.

»Okay«, beschloss Sophie. »Lass uns in die Cafeteria gehen, und dort erklärst du mir alles. Aber wehe, du verheimlichst mir etwas, und ich bekomme es später heraus!«, beschwor sie ihn.

Das ließ sich Christian nicht zwei Mal sagen. Beim Betreten des Restaurants hielt er sofort Ausschau nach einem kleinen Tisch, etwas abseits vom Trubel. Auf dem Weg zur Sitzecke kaufte der junge Mann zwei Becher

Kaffee. Er stellte die warmen Getränke auf dem Tischchen ab und rückte Sophie den Stuhl zurecht.

»Deine guten Umgangsformen hast du anscheinend nicht vergessen. Danke, Christian«, stellte Sophie fest und sog genüsslich den herrlichen Kaffeeduft in ihre Nase. Dabei umschloss sie den Becher mit ihren Händen. Ein wohliges Gefühl durchströmte die verunsicherte Frau. Könnte sie doch die Zeit zurückdrehen und die letzten zwanzig Jahre ungeschehen machen. Wie schön hätte ihre Zweisamkeit sein können. Sophie seufzte und ließ sich noch tiefer in ihren Lederstuhl sinken. Interessiert sah sie auf, erkannte die Jahre, die das Gesicht ihres geliebten Freundes gezeichnet hatten und machte sich bereit für seine Enthüllungen.

Was Christian nun erzählte, machte Sophie zutiefst betroffen, und sie wünschte sich nichts sehnlicher, als ihn in den Arm zu nehmen und trösten zu können. Doch die Jahre der Trennung, die zwischen ihnen lagen, hielten die Frau zurück.

»Es gibt ein paar Leute aus meiner Schulzeit, die ich lieber nicht wieder gesehen hätte. Eine von diesen Leuten war, wie du inzwischen weißt, Ida Wöller. Ich weiß nicht, ob dir meine Eltern erzählt haben, dass diese Frau mich bereits in der Schule gemobbt hat und dafür verantwortlich war, dass ich kein Abitur machte. Und ausgerechnet diese skrupellose furchtbare Person stand nun in meinem Geschäft, in dem ich mich bis dahin sehr sicher und geborgen fühlte. Sie drohte damit, dass sie mir keine ruhige Minute mehr gönnen würde und nahm mir das Versprechen ab, niemandem davon zu erzählen. Als du mich an dem Nachmittag anriefst, beruhigte ich mich gerade wieder etwas. Trotzdem spürten deine feinen Antennen, dass mich etwas bedrückte. Also erzählte ich dir nur vage von der Begegnung und vertröstete dich auf den nächsten Tag. Ich bekam Angst, dass du mich nicht mehr lieben würdest, falls du mitbekämst, welche Ängste diese Begegnung in mir ausgelöste. Heute wünschte ich mir, ich hätte mich dir gleich am Telefon anvertraut. Außerdem dachte ich damals, es bliebe noch Zeit, mir eine Strategie zurechtzulegen, da der Buchladen am Sonntag nicht öffnete.

Am gleichen Abend tauchte jedoch Tim auf, der ewige Handlanger von Ida. Er verschaffte sich gewaltsam Zutritt zum Laden und verwüstete alles. Ich flüchtete die Treppe hoch in meine Wohnung, er war jedoch viel stärker und schneller als ich. Er schlug mich, und ich zog mir eine schwere Verwundung zu. Mit letzter Kraft konnte ich ihm entkommen und flüchtete in mein Auto, zum Glück bewahrte ich den Schlüssel immer in der Hosentasche auf. Ich fuhr nach Schönwalde an den Kanal, weil ich dachte, dort Ruhe finden zu können. Der Typ verfolgte mich jedoch mit seinem Wagen. Er kam kurz nach mir auf dem Sandweg an, sprang aus seinem Auto und drängte mich zu meiner Angelstelle. Dort ging das Gerangel wieder los. Er verpasste mir mehrere Schläge. Ich versuchte mich loszureißen, es gelang mir aber nicht.

Auf einmal durchzuckte mich ein heftiger Schmerz. Ich strauchelte, bekam einen kräftigen Schups und verlor den Halt. Als Letztes, bevor ich in eiskaltes Wasser stürzte, sah ich das gehässige Grinsen von Tim.

Wie durch ein Wunder wachte ich Stunden später auf der anderen Seite des Kanals auf, jedoch weit entfernt von der Stelle, an der ich hineinfiel. Beim Aufwachen fand ich mich mitten in der Wildnis wieder. Mit Mühe konnte ich mir einen Weg zur Straße bahnen.

Dort fiel ich direkt in die Arme von Bruder Zacharias, der mich mit in sein Kloster in Brieselang nahm. Ich trug keine Papiere bei mir. Die musste Tim mir entwendet haben. Außerdem konnte ich mich an nichts mehr erinnern. Ich wusste weder, wer ich bin, noch, was mit mir passierte. Ich dämmerte einfach nur vor mich hin.

Als dieser Zustand sich nach zwei Wochen nicht besserte, trotzdem die äußeren Wunden allmählich verheilten, beschlossen Bruder Zacharias und der hinzugezogene Arzt, dass ich eine Therapie machen müsste. Der Doktor meldete mich in einer Klinik für psychosomatische Erkrankungen an und Bruder Zacharias versorgte mich mit einer Grundausstattung an Kleidung aus der Kleiderkammer. Bereits nach fünf Tagen wurde ich stationär aufgenommen. Ich bekam Einzel- und Gruppengespräche verordnet. Am besten gefiel mir die Musiktherapie. Immer, wenn ich Klänge von klassischen Komponisten hörte, verspürte ich ein vertrautes Gefühl und fühlte in diesen Augenblicken fast so etwas wie Glück. Erinnerst du dich, dass ich damals schon immer gern Schallplatten hörte, vor allem mit Chormusik von Mozart?« Christian sah Sophie mit verklärtem Blick in die Augen und fasste nach ihrer Hand. Da Sophie die Arme fest vor ihrer Brust verschränkt hielt, konnte er ihre Hand nicht erreichen. Resigniert fuhr er fort: »Nach dem Musikgenuss kehrte stets diese beunruhigende Leere zurück in mein Bewusstsein. Auf die Weise verging Jahr um Jahr ohne einen winzigen Erfolg. Ich schlief schlecht, durchlebte verwirrende Träume, in denen ich das Gefühl nicht los wurde, unterzugehen und zu ertrinken. Oft wachte ich nachts schweißgebadet auf und konnte mich nur schwer beruhigen. Im Abstand von vier bis fünf Wochen bekam ich Besuch von Bruder Zacharias. Er bemerkte recht schnell meine Liebe zu Büchern und versorgte mich regelmäßig mit neuer Lektüre.

An diesen Besuchstagen brachte mir Bruder Zacharias immer die Illustrierten der vergangenen Wochen vorbei. So trat Ida Wöller erneut in mein Leben in Form eines Fotos in einer Zeitschrift. Darunter prangte eine Schlagzeile, die von einer Wohltätigkeitsgala kündete. Diese Frau als Wohltäterin? Das konnte ich nicht fassen. Ich starrte auf das Porträt und fühlte mich unfähig, mich zu bewegen. Schlagartig kamen sämtliche Erinnerungen, die mit dieser Frau im Zusammenhang standen, in mein Bewusstsein und liefen in Zeitlupe vor meinem geistigen Auge ab. Als Bruder Zacharias mich vorsichtig an der Schulter berührte und sorgenvoll ansah, lief ein Zucken durch meinen Körper, und ich begann gleichzeitig zu schluchzen und hysterisch zu lachen. Dabei blieb mein Blick wie gebannt auf dem Foto in der vor mir liegenden Zeitung haften. Ich verspürte einerseits Entsetzen, dieses scheinheilige Lächeln in der Zeitung zu sehen, in dem Wissen, welchen Schaden diese Frau angerichtet hatte. Andererseits fühlte ich eine ungeheure Erleichterung, ein Stück meiner Erinnerung zurückerlangt zu haben.

In der darauffolgenden Nacht wachte ich schweißgebadet auf. Vor meinem geistigen Auge tauchte das gehässige Grinsen von Tim auf. Ich spürte den Schmerz von seinem Schlag auf meinen Kopf und die Kälte des Wassers, in das ich nach dem Schlag fiel. Nach und nach fügten sich die Puzzleteile zusammen. Bei einem Spaziergang am folgenden Tag, Bruder Zacharias kam nochmals zu Besuch, konnte ich ihm endlich sagen, wie ich hieß und was ich in meinem früheren Leben gemacht hatte.

Plötzlich schob sich dein Gesicht vor mein geistiges Auge und dein Name, liebe Sophie, schoss durch mein Gedächtnis. Ich erschrak und fragte Bruder Zacharias, wie lange ich mich nicht erinnert hatte. So eine lange Zeit! So viele verlorene Jahre! Mir wurde klar, dass ich meine Angelegenheiten nun auf der Stelle ordnen musste und ein Treffen mit dir nicht mehr auf die lange Bank schieben durfte.

Bruder Zacharias versprach, mir dabei zu helfen und mich vorläufig im Exerzitienhaus des Klosters unterzubringen.

Ich unterzog mich einer abschließenden psychiatrischen Untersuchung in der Klinik und wurde anschließend als geheilt entlassen.

Deine Adresse, mein Liebes, konnte ich jetzt direkt aus meinem Gedächtnis abrufen. Dennoch wagte ich kaum, an dich zu denken. Trotzdem ich nichts für den jahrelangen Gedächtnisverlust konnte, schämte ich mich sehr. Außerdem wusste ich nicht, ob du vielleicht einen anderen Mann gefunden hattest, mit dem du inzwischen dein Leben teilst. Ich wollte keine alten Wunden aufreißen und dir damit dein eventuell perfektes Glück zerstören. Seit zwei Wochen beobachtete ich dich nun schon aus der Ferne. Einerseits wünschte ich mir, du würdest mich entdecken, andererseits fürchtete ich mich unendlich vor diesem Augenblick.«

Die Freundin saß erschüttert und sprachlos vor ihm. Tränen liefen über ihre Wangen.

»So viele verlorene Jahre«, presste sie hervor. »Aber ich kann nicht einfach auf Anfang gehen. Verstehst du das? Ich habe keinen Mann gefunden, der mich berührt hat, wie du damals. Aber meine Liebe zu dir ist mit der Vermutung, du könntest tot sein, ebenfalls gestorben. Es tut mir sehr leid.« Sophie senkte traurig ihren Blick.

Christian rückte mit seinem Stuhl etwas näher an seine ehemalige Freundin heran, drückte ihren Arm und sagte: »Natürlich verstehe ich dich. Wir können die Zeit nicht zurückdrehen. Kannst du mir wenigstens verzeihen? Und glaubst du mir, dass ich kein Mörder bin?«

Sophie zog ihren Arm zur Seite und wich instinktiv ein Stückchen mit ihrem Stuhl zurück. »Ich weiß nicht, was ich glauben soll«, erwiderte sie. »Es klingt alles plausibel. Aber nach deinen Angaben warst du bereits hier in der Gegend, als der Mord geschah, mein Lieber. Und das macht dich sehr verdächtig. Ich bin froh, dass ich dich heute entdeckt habe und dass diese Ungewissheit der letzten Jahre endlich ein Ende hat. Aber, du musst jetzt dringend zur Polizei. Die Beamten vermuten leider, dass du Ida Wöller ermordet haben könntest. Du musst das richtigstellen.«

Da die Zeit bereits weit fortgeschritten war, erhoben sie sich von ihren Plätzen und verließen das Restaurant. Sophie musste am nächsten Morgen wieder zeitig zum Dienst. Sie ließ sich von ihrem damaligen Freund zum Bus bringen. Beim Warten an der Haltestelle legte sie eine Hand auf seine Schulter und sah ihm eindringlich in die Augen: »Versprichst du mir, dass du gleich morgen früh ins Polizeirevier zu Kommissar Falck fährst und dich seinen Fragen stellst?«

»Ich verspreche es dir, hoch und heilig«, willigte Christian ein und nickte ihr beim Einsteigen in den Bus noch einmal bestätigend zu.

Am nächsten Morgen leistete sich Christian ein Taxi zum Polizeirevier. Er hatte von Bruder Zacharias ein wenig Startkapital und ein Prepaidhandy erhalten, um seine Angelegenheiten in Ordnung bringen zu können.

Kurz nach neun Uhr stand der Gesuchte mit klopfendem Herzen vor dem Büro von Kommissar Falck. Als er die Hand auf die Türklinke legte, begann sie zu zittern. Eine Hitzewelle erfasste seinen Körper. Das heiße Kribbeln stieg langsam von seinen Beinen über Arme und Rücken bis hin zu seinem Nacken. Christian wäre am liebsten auf der Stelle getürmt und zurück ins Kloster geflüchtet. In dem Moment, als er auf dem Hacken umdrehen und loslaufen wollte, wurde die Tür von innen geöffnet. Ein Polizist mit vor Erstaunen weit aufgerissenen Augen stand ihm gegenüber.

»Ich wusste es, Sie sind am Leben. Sie sind doch Christian Ackerfeld?«, fragte Steinmann mit sich fast überschlagender Stimme.

Christian nickte. »Sophie bat mich, mich Ihnen zu erklären, da Sie mich scheinbar für den Mörder von Ida Wöller halten.«

Er blickte in das ungläubige Gesicht von Kommissar Falck. In dem Augenblick durchströmte ihn eine unglaubliche Ruhe.

Er begrüßte den Kommissar freundlich und gab seine Aussage zu Protokoll.

Im Anschluss an das Gespräch verließ Christian mit zwiespältigen Gefühlen das Polizeirevier. Kommissar Falck wollte noch einige seiner Angaben überprüfen lassen, und er sollte sich in den nächsten Tagen und Wochen zu seiner Verfügung halten.

Es gefiel ihm gar nicht, dass er die Beamten nicht überzeugen konnte.

Da Sophie arbeiten musste, sprach er ihr auf die Mailbox. Sie hatten gestern noch die Handynummern ausgetauscht, damit er sie über den Ausgang des Gespräches nicht im Unklaren lassen musste.

Bevor sich die Sache nicht endgültig klärte, wollte Sophie sich nicht mit ihm treffen. Seit seinem Verschwinden damals war zu viel Zeit vergangen, da durfte er sich nicht wundern, dass seine Exfreundin ihm kein

Vertrauen entgegenbringen konnte. Vielleicht empfand sie sogar ein wenig Angst vor ihm. Woher sollte sie wissen, ob er tatsächlich die Wahrheit sagte.

Kapitel 16

2024

Falck und Steinmann saßen sich an ihren Schreibtischen im Büro einander gegenüber und ließen noch einmal alle Fakten Revue passieren. Beim Namen Zacharias sprangen beide fast gleichzeitig auf, griffen vollkommen synchron nach ihren Jacken, die über der jeweiligen Stuhllehne hingen, und verließen im Sturmschritt das Büro.

Im Hinauslaufen angelte Falck flugs seinen Hut vom Haken an der Tür. Derweil griff sich Steinmann einen Schokoriegel aus seiner Schreibtischschublade, riss das Papier am oberen Ende ab und biss genüsslich hinein.

Kommissar Falck zuckte ungläubig mit den Schultern. »Irgendwann verschlucken Sie sich noch, Herr Kollege. Aber stärken Sie sich nur! Ich will nicht schuld daran sein, wenn sich bei Ihnen wieder eine Unterzuckerung einstellt.«

Am Empfangstresen stoppte Falck und hielt Ausschau nach dem IT-Spezialisten Jonas.

»Was gibt es denn, Herr Kommissar?«, erkundigte sich der junge Experte, der gerade den Flur entlang geschlendert kam.

»Herr Jonas, Ihre Pause ist vorbei! Ich wünsche alles, was sie über einen gewissen Bruder Zacharias herausfinden können, in circa zwanzig Minuten auf meinem Handy«, ordnete Falck an und verließ, ohne eine Antwort abzuwarten, schnurstracks das Gebäude. Etwas außer Atem gelangte er beim Dienstfahrzeug an, mit dem sein Kollege Steinmann bereits vorgefahren war.

Falck riss die Beifahrertür auf und ließ sich mit den Worten »Na, Steinmann, ist Ihr Magen für die bevorstehende Fahrt gerüstet? Na, dann los! Geben Sie Gas!« in den Sitz fallen. Im selben Moment setzte sich der Wagen in Bewegung und los ging die Fahrt nach Brieselang.

Am Kloster angekommen, entdeckten die beiden Kriminalbeamten zunächst keine Menschenseele. Sie liefen vor dem Anwesen umher und verschafften sich erst einmal einen Überblick. Vor ihnen lag ein gepflegter Park. Zur Linken befand sich eine kleine Kirche, die in ein größeres Haus integriert war. Dahinter erstreckten sich Flachbauten, die man von der Straße nicht komplett einsehen konnte. Die gesamte Anlage strahlte eine himmlische Ruhe aus. Kaum vorstellbar, dass sich hinter diesen Mauern ein eventueller Mörder aufhalten könnte.

Da sich noch immer niemand blicken ließ, bat Kommissar Falck seinen Kollegen, sich die Parkanlage etwas näher anzuschauen. Er selbst betrat durch eine kleine Gartenpforte und über einen schmalen Sandweg die Kirche. Er passierte einen Vorraum und gelangte schließlich ins Kirchenschiff. Ungeachtet der Tatsache, dass er keiner Konfession angehörte, konnte Falck sich dem feierlichen Zauber im Innern nicht entziehen. Ehrfürchtig bewegte sich der Beamte durch die Sitzreihen auf den schlichten Altar zu. Als er sich umdrehte, konnte er sich ein entzücktes »Ah« nicht verkneifen. Auf der Balustrade befand sich eine wunderschöne kleine Orgel.

Falck riss sich los aus der Verzückung und erinnerte sich, warum er eigentlich hier war. In dem Moment, in dem er das Kirchengebäude verlassen wollte, trat eine männliche Person mittleren Alters durch die Seitentür und grüßte ihn höflich. Er stellte sich als Bruder Antonio vor und fragte mit einer angenehmen, sonoren Stimme:

»Sie sind in einer offiziellen Angelegenheit hier, habe ich recht? Wer sind Sie, und warum führt Sie Ihr Weg ausgerechnet in unser Kloster?«

»Oh, entschuldigen Sie bitte, dass ich uns nicht vorher angekündigt habe, aber die Sache ist dringend. Ich bin Kommissar Falck. Mein Kollege und ich sind auf der Suche nach Bruder Zacharias. Er kann uns eventuell bei einer Mordermittlung helfen«, erklärte der Kommissar. Dass er den Klosterbruder zum Kreis der Verdächtigen zählte, behielt er erst einmal für sich.

»Sie haben Glück. Bruder Zacharias ist im Exerzitienhaus. Ich geleite Sie gern dorthin«, bot Bruder Antonio an.

»Das ist sehr freundlich von Ihnen«, bedankte sich der Kriminalbeamte. »Können Sie jedoch noch einen Moment warten? Ich hole meinen Kollegen dazu.«

Es dauerte nur knapp fünf Minuten, schon standen sie vor Bruder Zacharias, da sich die Gästezimmer im selben Gebäude wie die Kirche befanden.

Der Retter von Christian Ackerfeld erwies sich als ein sehr umsichtiger und bedächtiger Mann, den so schnell nichts aus der Ruhe bringen konnte. Er war von großer Statur, trug sein braunes Haar kurz mit einem gerade geschnittenen Pony. Seine Kleidung bestand aus einer bis zum Boden reichenden braunen Kutte und Sandalen.

Bruder Zacharias begrüßte die Beamten freundlich und sah Kommissar Falck dabei direkt in die Augen.

Entweder ist er sehr gewieft, oder er hat nichts zu verbergen, dachte Falck. Gespannt begann er mit seiner Befragung. Er ließ sich zuerst die Version von Bruder Zacharias über das Auffinden, den Zustand und die Beherbergung von Christian Ackerfeld schildern.

Der fromme Mann erzählte frei heraus: »Christian stolperte eines Morgens im Mai 2004 vollkommen entkräftet und desorientiert in meine Arme. Ich war damals mit unserem Lieferwagen in Schönwalde-Siedlung unterwegs. Da Christian im selben Moment vor Erschöpfung einschlief, hievte ich ihn in den hinteren Teil des Fahrzeugs und schnallte ihn auf der Liegefläche fest, die zum Glück an diesem Tag ausgeklappt war. Ich hatte noch einige Einkäufe vor mir. Die Gebote der Nächstenliebe, die in unserem Kloster gelten, ließen mir jedoch keine andere Wahl, als den jungen Mann aufgrund seines schlechten Zustandes mit ins Kloster zu nehmen. Mit Bruder Antonios Hilfe fand ich bei unserer Ankunft im Exerzitienhaus ein fertig hergerichtetes Zimmer vor und konnte Christian gleich ins Bett legen. Ich hoffte, bald mehr über den jungen Mann erfahren zu können.

Als Christian endlich zu sich kam, konnte er mir jedoch weder sagen, wie er hieß, noch irgendwelche Angaben zu seiner Herkunft oder dem Grund seines desolaten Zustandes erzählen. Ich erinnere mich noch gut an die innere Verzweiflung von Christian, als er bemerkte, dass in seinem Kopf nichts als Leere herrschte. Wir bekommen es in unserem Kloster öfter mal mit Leuten zu tun, die nichts über sich preisgeben wollen. Dafür ist unser Haus da, als Rückzugsort für Menschen, die aus den verschiedensten Gründen wieder zu sich selbst finden wollen. Aber bei diesem jungen Mann sagte mir meine Erfahrung, dass er mir gern von sich erzählt hätte, jedoch nicht dazu in der Lage war. Deshalb zogen wir einen Arzt zurate. Die äußeren Wunden, kleine Abschürfungen und Prellungen, heilten schnell ab. Christians fehlende Erinnerung an alles Vergangene jedoch hielt an. Also besorgten wir ihm einen Platz in einer Klinik in Mecklenburg. Dort besuchte ich ihn alle vier bis fünf Wochen und freute mich jedes Mal aufs Neue, ihn dort gut aufgehoben zu sehen.« Bruder Zacharias hielt einen Moment inne. Sein Blick verklärte sich, als würde er die Szene bildlich vor sich sehen, von der er nun erzählte. »Zwanzig Jahre später, ich hatte jegliche Hoffnung aufgegeben, jemals etwas über Christians Identität zu erfahren, begann er Stück für Stück, sich zu erinnern. Ein Foto in einer Illustrierten brachte den Stein ins Rollen.«

Falck und Steinmann verständigten sich. Wie bei einem alten Ehepaar genügte ein kurzer Blick, und sie stimmten überein, dass die von Bruder Zacharias dargelegten Fakten der Geschichte des damals vermissten Christian Ackerfeld glichen. Der Wortlaut der beiden unterschied sich jedoch, was nahelegte, dass sie sich nicht abgesprochen haben konnten.

Trotzdem wollte der Kommissar einiges noch genauer wissen. »Wie hat Christian Ackerfeld auf das Foto der Frau reagiert?« fragte er.

»Er starrte wie gebannt auf das Bild in der Zeitschrift und schien unfähig, sich zu bewegen«, gab der Befragte bereitwillig Auskunft. »Ich hatte ihm die besagte Zeitung auf den Tisch gelegt. Das tat ich immer kurz vor Ende meines Besuches in der Klinik. Eigentlich wollte ich, wie sonst auch, den Raum gleich verlassen, um ihn nicht bei seiner Zeitungslektüre zu stören. Als ich mich gerade zur Tür umdrehen wollte, bemerkte ich sein eigenartiges Verhalten. Ich ging zu ihm und berührte seine Schultern. Ein Zucken lief daraufhin durch seinen Körper, und er begann gleichzeitig zu schluchzen und hysterisch zu lachen. Dabei blieb sein Blick wie gebannt auf dem Foto in der vor ihm liegenden Zeitung haften. Auf dem Bild sah ich eine Frau, die wie eine Diva auf mich wirkte. Schließlich bemerkte Christian meinen verstörten Blick, und er hielt inne. Danach sprudelte alles aus ihm heraus, seine bis zu dem traumatischen Ereignis vor zwanzig Jahren angestaute Angst vor jener Frau, die in dieser Zeitschrift als Wohltäterin dargestellt wurde.

Nach unserem Gespräch suchte ich nach dem diensthabenden Arzt. Dieser folgte mir sofort, vollkommen überrascht, in Christians Zimmer, und führte ein paar kurze Tests durch. Im Anschluss daran gab er seinem Patienten einen Termin für eine ausführliche Untersuchung am kommenden Montag. An diesem Wochenende stattete ich Christian längere Besuche ab und ging viel mit ihm spazieren. Und, siehe da, nach und nach konnte er sich an alles, was in seiner Vergangenheit geschah, erinnern, und ich erfuhr endlich seinen Namen.

Christian wollte so schnell wie möglich zu seiner damaligen Freundin nach Berlin-Spandau. Er kämpfte sichtlich mit einem furchtbar schlechten Gewissen, weil er sich in all den Jahren nicht mal an sie erinnern konnte. Dabei war er vor seinem traumatischen Erlebnis bis über beide Ohren verliebt in diese Frau. Also besorgte ich Christian ein Prepaidhandy und suchte mit ihm gemeinsam die S-Bahn- und Regio-Verbindungen raus.«

»Hat Herr Ackerfeld in den letzten Tagen und Wochen in Falkensee oder Berlin übernachtet oder ist er gependelt?«

»Er ist hin- und hergefahren und hat stets im Kloster übernachtet. Anders ging es gar nicht, da er noch immer keine Papiere besaß.«

Während der gesamten Schilderung konnte Kommissar Falck nicht eine Unsicherheit im Verhalten des Mannes bemerken. Er sah kurz seine Notizen durch.

»Eine Frage habe ich noch«, sagte er. »Haben Sie bemerkt, dass Herr Ackerfeld Rachegedanken gegenüber Tim Wetzel oder anderen Personen hegte, die mit seinem traumatischen Erlebnis vor zwanzig Jahren in Zusammenhang standen?«

»Nein, in der Hinsicht ist mir nichts aufgefallen. Christian ist ein friedfertiger Mensch. Ich kann mir nicht vorstellen, dass er zu solchen Gedanken fähig wäre.«

»Da fällt mir noch was ein«, fragte Falck weiter. »Nahm er eigentlich in den Wochen nach seiner Entlassung aus der Klinik an den Gottesdiensten teil?«

»Nein! Wenn diese stattfanden, hielt er sich entweder in der Bücherstube oder in seinem Zimmer auf.«

»Sie können also nicht mit Sicherheit bezeugen, dass er das Gelände niemals außer der Reihe verlassen hat.«

»Nein, das kann ich nicht«, räumte Bruder Zacharias ein. »Aber ich würde meine Hand für ihn ins Feuer legen. Christian ist ein ruhiger lieber Kerl. Er kann keiner Fliege etwas zuleide tun.

Vor ein paar Tagen kam Christian vollkommen aufgelöst aus Berlin zurück, nachdem er erfahren hatte, dass man ihn für den Mörder von Ida Wöller hielt. Ich bestärkte ihn in seinem Vorhaben, sich bei Ihnen in Falkensee zu melden und sich zu erklären. Zum einen war ich überzeugt davon, dass Christian nicht der Mörder sein konnte, selbst wenn er zu dem Zeitpunkt bereits von Birkenwerder nach Berlin pendelte. Zum anderen hatte er es Sophie versprochen, und er durfte seine einzige Liebe kein weiteres Mal enttäuschen.«

»In Ordnung«, beschied der Kommissar. »Zeigen Sie mir jetzt bitte das Zimmer, in dem Christian Ackerfeld in den letzten Wochen gewohnt hat.«

Dort angekommen, ordnete der Kriminalkommissar an: »Und nun bringen Sie meinen Kollegen bitte zu

Ihren eigenen Räumlichkeiten. Sie selbst können danach wieder Ihrer Arbeit nachgehen.«

Bruder Zacharias gelang es nach diesem Gespräch nicht, sich auf seine Arbeit zu konzentrieren. Also begab er sich in die Bücherstube, setzte sich auf den Sessel, in dem Christian immer saß, wenn er sich in die Geschichte eines Buches flüchtete, und ließ das soeben geführte Gespräch mit den Polizeibeamten gedanklich Revue passieren. Er sorgte sich um seinen Schützling und wurde das Gefühl nicht los, dass Christian noch immer als Tatverdächtiger galt.

Kapitel 17

2024

Zurück in der Dienststelle in Falkensee wurden die beiden Polizeibeamten bereits erwartet.

Stimmt ja, Teamsitzung! dachte Falck. Wie er das hasste, immer erst alles besprechen, das bremste ihn total aus. Aber andererseits gab es einen Vorteil, er konnte die Zuarbeiten der Mitarbeiter gleich kommentieren.

Mit den Worten »Herr Jonas, welches Geheimnis konnten Sie über Bruder Zacharias ausgraben?« begann Falck die Bestandsaufnahme.

»Nichts, Herr Kommissar«, antwortete er. »Dieser Mann hat eine komplett weiße Weste. Er ist bereits im Kloster aufgewachsen und durchlief die typische Ausbildung für einen Mönch.«

»Bei unseren Ermittlungen im Kloster gab es auch nichts Auffälliges«, sagte der Kommissar. Er bat seinen Kollegen, Matthias Steinmann, dem Team von der Unterredung mit Bruder Zacharias zu berichten.

Anschließend ergänzte er: »Ich habe das Zimmer, das Christian Ackerfeld während seines Aufenthaltes im Kloster bewohnt hatte, genau unter die Lupe genommen. Es war nur mit dem Notwendigsten ausgestattet. Ich entdeckte keinen Fernseher, kein Radio und kein Telefon. Es hingen keine Bilder an den Wänden. Der Schrank enthielt nur einen ordentlich zusammengelegten Pullover, drei Paar Socken und zwei Slips. Auf dem Bügel hing eine schwarze Anzugjacke. Die Kontrolle der Taschen führte nichts zutage. Die Untersuchung des Bettes ergab keine verdächtigen Hinweise.«

Falck blickte auf und richtete sich hoffnungsvoll an die Psychologin: »Und, Frau Liebig? Gibt es Ergänzungen zum Täterprofil?«

Die Psychologin verneinte. »Ich würde jedoch nach bisherigem Stand Bruder Zacharias als Verdächtigen ausschließen«, ergänzte sie.

Falck lief ziellos durch den Besprechungsraum. Er verharrte vor der Pinnwand und dachte nach. Erwartungsvolle Stille umfing ihn.

»Also, was haben wir?«, fragte er endlich in die Runde. Er blickte in neugierige Gesichter. Auf seine erste Schlussfolgerung: »Stimmen wir darin überein, dass wir Bruder Zacharias von der Liste der Verdächtigen streichen können?«, erntete er allgemeines Kopfnicken.

Bei Ackerfeld waren sie sich noch nicht schlüssig, hätte er doch die Klinik oder später das Kloster mehrere Male unbemerkt verlassen können.

»Was für ihn spricht, ist die Tatsache, dass er für die Vorbereitung und Durchführung einer solchen Bluttat viel Zeit hätte haben müssen. In der Klinik wäre es schon aufgefallen, wenn er mehrere Stunden weg gewesen wäre.«, gab Frau Liebig zu bedenken.

Steinmann sprach dagegen: »Als Drahtzieher und Auftraggeber käme er aber durchaus infrage. Klinik und Kloster standen schließlich allen Menschen offen. Er hätte also von innen heraus agieren können. Und wer weiß schon, ob er wahrlich zwanzig Jahre lang unter Gedächtnisverlust litt oder sich vielleicht schon viel eher erinnert hat.«

Sie konnten sich allesamt noch nicht erklären, woher dieser Ausbruch von Christian Ackerfeld beim Blick auf das Foto der Ermordeten rührte. Und es machte ihn höchst verdächtig, dass die Frau zu dem Zeitpunkt, an dem er das Bild erblickte, noch lebte.

»Schauen wir doch mal, was der behandelnde Arzt unseres Verdächtigen, Herrn Ackerfeld, zu dessen Krankheitsbild zu sagen hat. Sein Anruf müsste jeden Moment durchgestellt werden«, sagte Falck.

Nach Minuten erwartungsvoller Stille klingelte endlich das Telefon.

Jonas nahm das Gespräch entgegen, und sein Gesicht erhellte sich. »Moment, Herr Doktor! Wir sind gerade in einer Besprechung. Ich stelle sie auf laut.« Er legte das Mobilteil auf den Tisch und drückte die Lautsprechertaste.

Falcks Augen funkelten. Perfektes Timing, dachte er, und begrüßte den Arzt. Auf seine Frage nach der Richtigkeit der Angaben seines Patienten bestätigte der Doktor alles.

Da sie gerade anderes vermuteten, blieb Falck skeptisch und fragte nach: »Wie beurteilen Sie als Mediziner das Krankheitsbild Ihres Patienten? Ist es möglich, dass jemand über Jahre unter einer Amnesie leidet?«

Die Antwort des Arztes war eindeutig: »Es ist tatsächlich möglich. Ich wollte es zunächst selbst nicht glauben und dachte lange Zeit, mein Patient würde simulieren. Ich konnte in seinem Verhalten jedoch keine Ungereimtheiten finden. Also begann ich, mich zu belesen, das Internet zu durchforsten und sogar einen Spezialisten in Australien zu konsultieren. Ich fand heraus, dass es viele Mischformen von Amnesie gibt sowie etliche Sonderfälle, bei unserem Patienten traf beides zu. Er erlitt ein furchtbares Trauma. In der Schule wurde er von der fünften Klasse an gemobbt und ausgegrenzt. Es führte letztendlich dazu, dass er seine Schullaufbahn, statt Abitur zu machen, bereits nach der zehnten Klasse beendete. Herr Ackerfeld war ein sehr begabter Schüler. Er las viel und interessierte sich für klassische Musik. Das und seine etwas füllige körperliche Statur nahmen die Mobber als Rechtfertigung für die Drangsalierungen. Schließlich absolvierte Herr Ackerfeld eine Ausbildung zum Verkäufer und begann, in einem Buchgeschäft zu arbeiten. Er glaubte, dort sicher vor seinen Widersachern zu sein. Sie spürten ihn jedoch auf und brachten im selben Augenblick die lähmende Angst in sein Leben zurück. Die Hetzjagd, der körperliche Angriff auf ihn und schlussendlich der Schlag auf den Kopf mit anschließendem Sturz in eiskaltes Wasser waren der Auslöser für die Weigerung seines Gehirns, sich an die Gräuel der Vergangenheit erinnern zu wollen.«

»In Ordnung, haben Sie vielen Dank«, antwortete der Kommissar. »Wann können wir mit dem psychiatrischen Gutachten über die durchlebte Amnesie von Herrn Ackerfeld rechnen?«

»Ich schicke es Ihnen morgen per E-Mail«, versprach der Psychiater.

Kommissar Falck verabschiedete den Arzt mit einem zufriedenen Lächeln. Er freute sich, dass die Gesundheitseinrichtung so gut kooperierte. Andererseits blieb immer noch die Tatsache, dass Ida Wöller noch lebte, als Christian Ackerfeld sich bereits wieder an alles erinnern konnte.

Er dachte laut nach: »Bei Christian Ackerfeld kommen wir erst mal nicht weiter. Bleiben also noch Herr Hase, da erwarten wir das Ergebnis der erkennungsdienstlichen Untersuchung, und Herr Wetzel, der ist immer noch nicht aufgetaucht.

Schauen wir uns die Wohnung dieses Herrn etwas genauer an! Vielleicht finden wir dort Ansatzpunkte für die weiteren Ermittlungen.«

Mit einem knappen Kopfnicken forderte er seinen Kollegen Steinmann auf, ihm zu folgen.

Kapitel 18

2024

Tim Wetzels Wohnung befand sich in der zweiten Etage eines Mehrfamilienhauses in einem fast leergezogenen Wohngebiet in Falkensee.

Kommissar Falck klingelte zunächst an der Haustür. Als niemand reagierte, drückte er auf sämtliche Knöpfe der Schließanlage, in der Hoffnung, dass irgendjemand in diesem Aufgang zu Hause war. Tatsächlich hörte er kurz darauf den Summer und konnte die Haustür aufdrücken.

Oben angekommen, klopfte er an der Wohnungstür und rief: »Aufmachen! Polizei!«

»Da drin ist niemand. Soll ich die Tür aufbrechen?«, fragte Steinmann.

Auf ein Nicken seines Vorgesetzten hin machte er sich wie ein Einbrecher ans Werk und hatte die Tür im Nullkommanichts geöffnet. »In solchen Augenblicken liebe ich meine Arbeit«, rief er begeistert aus.

Kommissar Falck schmunzelte.

Das Schmunzeln erstarb augenblicklich, als er den ersten Schritt in die Wohnung setzte. Ein widerlicher Geruch schlug den beiden Beamten entgegen. Falck nahm schnell sein Stofftaschentuch heraus und presste es sich vor die Nase. Sein Kollege trug heute glücklicherweise einen Rollkragen an seinem Pullover, den er über seine Nase nach oben ausrollen konnte.

Derart gerüstet betraten die zwei den Flur und öffneten nach und nach die übrigen Räume, die allesamt vom Korridor abgingen.

Hier bot sich ein Bild, bei dem sie von einem überstürzten Verlassen der Räumlichkeiten ausgehen mussten. Das Bett sah zerwühlt aus. Ein Schubfach stand offen, davor lag ein unsortierter Wäscheberg. In der Küche standen die Reste eines Frühstücks auf dem Tisch und Abwaschgeschirr stapelte sich in der Spüle. Der Mülleimerdeckel lag auf dem Küchenboden und auf der darüber befindlichen Arbeitsfläche gammelten Wurstpellen vor sich hin.

Jetzt erkannten die beiden Herren, woher der Gestank rührte. Sie rissen die Fenster auf und unterzogen die Wohnung einer genaueren Begutachtung. Vielleicht würden sie irgendetwas finden, was den überstürzten Aufbruch erklären konnte.

Als Kommissar Falck den Schlafzimmerschrank inspizierte, fiel sein Blick auf einen einzelnen Lederhandschuh. Warum lag hier nur einer? Das erschien ihm komisch. Falck erinnerte sich, dass er diesen Handschuh schon mal irgendwo gesehen hatte. »Steinmann, kommen Sie mal her!«, rief er. »Können Sie sich an einen solchen Fund bei einer unserer Ermittlungen erinnern?« Schon, als er die Frage stellte, fiel es ihm selbst wieder ein. »Natürlich, ich hab's, am Kanal in Schönwalde, an der Stelle, an der der Ackerfeld verschwand. Nur dass dieses Exemplar hier noch besser erhalten ist. Tüten Sie ihn bitte ein!«

»Ich habe ebenfalls was Interessantes gefunden«, verkündete Steinmann stolz. Er zeigte seinem Chef einen Stapel von Zetteln mit der gleichen geheimen Botschaft, die Ida Wöller erhalten hatte.

Mit diesem Fund verstärkte sich die Annahme der beiden, dass Tim Wetzel das nächste Opfer sein könnte. Damit gerieten Christian Ackerfeld und Hans Hase noch stärker unter Verdacht.

Steinmann tütete auch diese Zettel ordentlich ein. Dann schlossen sie die Fenster und begaben sich zurück zur Dienststelle.

Falck schickte die Spurensicherung in die Wohnung von Tim Wetzel und orderte die Asservate des Vermisstenfalls Christian Ackerfeld aus dem Jahr 2004.

Da sie heute nicht weiterkamen und erst auf die Ergebnisse der angeordneten Untersuchungen warten mussten, gingen die beiden Beamten in den Feierabend.

Auf dem Weg nach draußen begegnete Falck Herrn Hase. Er war also seiner Aufforderung, sich erkennungsdienstlich untersuchen zu lassen, nachgekommen. Etwas spät zwar, aber immerhin. Der Mann machte gerade seinem Unmut über die Anordnung lautstark Luft: »Eine Frechheit ist das, mich heute hierher zu zitieren. Und das, wo zu Hause jede Menge zu tun ist. Meine Frau wird außer sich sein, wenn ich wenige Tage vor der Beisetzung ihrer Freundin erst spät heimkomme.«

Falck war froh, dass er die Auseinandersetzung mit diesem Mann jetzt nicht führen musste. Er konnte sich unbemerkt an dem zeternden Mann vorbeischleichen.

Noch ein Ergebnis, das morgen vorliegen würde, freute sich der Kommissar. Er hoffte, dass es dann endlich voranging.

Kapitel 19

2024

Er konnte es nicht fassen.

Dieses Miststück von Frau behandelte ihn wie den letzten Dreck. Ihn, der all die Jahre alles für sie tat.

Seit dem Verschwinden dieses Buchverkäufers ließ er sich von ihr erpressen. Doch damit sollte jetzt Schluss sein. Er wollte sich nicht mehr herumschubsen lassen wie ein dummer Junge.

Er wurde wütend, extrem wütend.

Aus seiner Liebe hatte sich längst Hass entwickelt.

Ein Racheplan reifte heran. Büßen sollte sie für all die Beschimpfungen und Herabwürdigungen. Er wollte ihr schon beibringen, ihn zu lieben und nicht wegzustoßen. Er musste sie isolieren, sie demütigen und ihr falsche Hoffnungen machen. Isolieren, demütigen, falsche Hoffnungen machen. Immer wieder. Genauso, wie sie es mit ihm all die Jahre getan hatte.

Der Tag, an dem sein Martyrium begann, sollte der Schlüssel zu ihrem Untergang werden. Rache konnte herrlich süß sein.

Er stalkte sie, schrieb ihr immer wieder die gleiche gehässige Botschaft. Dabei gab er sich richtig Mühe. Im Unterrichtsfach »Technisches Zeichnen« konnte er in seiner Schulzeit glänzen. Er stellte sich richtig gut darin an und beherrschte die Normschrift perfekt. Also besorgte er sich Tinte, Feder und Büttenpapier. Wenn er einer High-Society-Dame Botschaften senden wollte, die sie ernst nahm, mussten die Schriftstücke entsprechend Stil haben. Sie sollte doch wissen, dass er ihren Sinn für die schönen und teuren Dinge des Lebens respektierte. Beim Übermitteln der so entstandenen Kunstwerke achtete er penibel auf die richtigen Zeitabstände. Es sollte genau auf den Schreckenstag hinauslaufen, der ihn erpressbar machte, den neunten Mai.

Die Lady erwies sich als dermaßen paranoid, dass sie ihre Post eigenhändig aus dem Briefkasten nahm, wo sie doch sonst alles im Haus vom Dienstboten erledigen ließ.

Er wusste, dass sie ihrem Angestellten in diesem Punkt keinerlei Vertrauen entgegenbrachte, und dass sie dachte, der Diener könnte ihr etwas vorenthalten oder zu spät übermitteln.

Jedes Mal, wenn sie den Briefkasten leerte und seine geheimnisvolle Botschaft in immer kürzeren Abständen in Händen hielt, weidete er sich an ihrem angstvollen Gesichtsausdruck.

Nie im Leben käme sie auf die Idee, dass er hinter allem stecken könnte. Dessen war er sich sicher.

Alles Weitere würde er aber nicht allein schaffen. Er brauchte einen Komplizen. Zu seinem Glück gab es viele Menschen, die dieses Miststück von Frau fürchteten und hassten. Er musste nur einen auswählen und für seinen Plan gewinnen.

Endlich kam der ersehnte Tag. Er fädelte alles so ein, dass sie ihm ab jetzt allein gehörte. War das eine Freude! Er liebte sie doch und hasste sie zugleich. Wenigstens konnte sie jetzt nicht weg. Sie musste sich von ihm berühren lassen. Er konnte sie küssen, wann immer er wollte.

Dass sie ihn anspuckte, törnte ihn nur noch mehr an.

Ihre Worte jedoch trafen wie Pfeile mitten in sein krankes Herz.

Sie verhöhnte ihn nach wie vor und lachte ihn nur aus. Er drang nicht zu ihr durch mit seiner Sehnsucht nach Liebe.

Wie lange würde er das noch durchgehen lassen? Wie lange konnte er es noch aushalten?

Er brauchte eine Pause.

Er beschloss, sie ein paar Tage schmoren zu lassen und ließ sie allein. Sie würde schon nicht verdursten.

Plötzlich sah er all diese Fotos von ihr.

Von sämtlichen Titelblättern der Zeitungen sprangen sie ihm förmlich ins Gesicht.

Ida tot?

Warum?

Wie war das möglich?

Er wünschte sich zwar, dass Ihr weiteres Leben von Furcht und beißender Unsicherheit geprägt sein würde. Das hatte er geplant. Er wollte erreichen, dass ihr freches Mundwerk endlich Ruhe gab. Aber er bezweckte damit nicht, dass ihr Herz aufhörte zu schlagen, es sollte doch ihm gehören. Er beanspruchte seine Hassliebe für sich. Irgendwann sollte sie erkennen, dass sie ihn liebte.

Jemand musste büßen. Und er wusste genau, wer als einziger dafür infrage kam.

Kapitel 20

2024

Die Beerdigung für Ida Wöller kam einem großen Event gleich. Hunderte Trauergäste waren gekommen, um von der schillernden Hochglanzikone Abschied zu nehmen. Kaum jemand von diesen Leuten kannte die Ermordete persönlich. Sie nahmen teil, weil es viel Publicity versprach.

Da Marie einen solchen Ansturm bereits vorhersah, war sie vorbereitet. Zum Glück konnte sie auf das Vermögen von Ida Wöller zurückgreifen.

Die Gäste scherten sich nicht darum, wenn dadurch weniger Geld für die Stiftung übrig blieb. Sie wollten gesehen werden und erwarteten Champagner und Kaviar, um standesgemäß vor den Kameras posieren zu können. Die vornehmen Damen und Herren trugen Designerkleidung, die zu einer Filmpreisverleihung gepasst hätte.

Nachdem sie sich zur Trauerrede in der glamourös geschmückten Kapelle ein paar Tränen abgerungen hatten, geleiteten die Trauergäste huldvoll den goldenen Sarg zur Grabstätte.

Die einzigen Menschen, die die Tote mit all ihren Stärken und Schwächen kannten, waren Marie, ihr Mann Hans und Herr Plaschke.

Während der gesamten Veranstaltung fühlte sich Marie von einer eigenartigen Unruhe erfasst. Sie wähnte sich beobachtet und blickte sich immer wieder verstohlen um.

Auch ihr Ehemann schien noch nervöser als in den vergangenen Tagen zu sein.

Marie blickte erleichtert auf, als sie den letzten Trauergast verabschiedete. Es würde noch eine Gala im Stiftungshaus geben, damit hatte sie jedoch nichts mehr zu tun. Sie würde jetzt ihre Tasche aus dem kleinen Nebenraum der Kapelle holen und sich nach der Fahrt nach Hause ein heißes Bad gönnen. Anschließend würde sie sich ins Bett verkriechen, sämtliche Vorhänge zuziehen und die Außenwelt aussperren. Sie fühlte sich vollkommen erledigt, jeder Muskel ihres Körpers tat ihr weh. Und vor allem empfand sie eine große Leere.

Apropos leer! Wo steckte eigentlich Hans?

Marie fiel plötzlich auf, dass sie ihren Mann seit der Verabschiedung der Gäste nicht mehr gesehen hatte. Die Unruhe von vorhin kam jetzt greifbar näher. Sie lief zur Kapelle, in der Hoffnung, dass Hans schon vorgegangen war, um ihre Sachen zu holen. In Kapelle und Nebenraum sah sie jedoch niemanden. Marie wurde siedend heiß. Ihre Beine drohten, ihren Dienst zu versagen. Wie durch einen Tunnel schleppte sie sich zur Grabstelle zurück. Auch dort traf sie auf keine Menschenseele. Sie stützte sich an einer Stele ab, da sie sich jetzt kaum noch auf den Beinen halten konnte. Ungeachtet der Tatsache, dass sie sich auf einem Friedhof befand, rief sie nach ihrem

Mann. Sie erhielt keine Antwort. Die verzweifelte Frau sah sich panisch um, dabei immer weiter an der Stele festhaltend. Tränen traten in ihre Augen. Wo konnte er nur sein? Normalerweise sagte er ihr Bescheid, bevor er irgendwo hinging. Außerdem fuhren sie heute Vormittag mit dem Bus hierher, da würde er doch erst recht auf sie warten.

Mit letzter Kraft richtete sie sich auf, löste sich mit einem Ruck von ihrem Haltepunkt und wankte durch die Reihen der Gräber zum Friedhofsausgang. Auch dort konnte sie niemanden entdecken, die Straße wirkte wie leergefegt. Sie schaute zum Blumenladen, der sich direkt am Tor zum Friedhof befand. Vielleicht konnte sie dort fragen, ob jemand ihren Mann gesehen hätte. Doch die Tür zum Geschäft ließ sich nicht öffnen, und es brannte kein Licht im Inneren. Hier würde sie also auch keine Hilfe finden. Sie schleppte sich noch zur Bushaltestelle. Dort rutschte sie in Ermangelung einer Sitzmöglichkeit mit dem Rücken am Haltestellenpfahl zu Boden.

Durch den Tränenschleier sah sie wenig später den Bus ankommen. Sie machte einen kläglichen und hilfebedürftigen Eindruck, sodass der Busfahrer ausstieg und sich fragend zu ihr herunterbeugte. Marie konnte nur noch stammeln: »Hans ist weg. Mein Mann Hans ist weg.«

Daraufhin zückte der Busfahrer sein Handy und rief den Rettungsdienst. Er leistete der in seinen Augen verwirrten Frau Gesellschaft, bis der Krankenwagen kam.

Die Fahrgäste im Bus reckten neugierig die Köpfe. Auf ein Zeichen des Fahrers hin warteten sie geduldig, bis es weiterging.

Kapitel 21

2024

Als Kommissar Falck am Morgen sein Büro betrat, erhellten warme Sonnenstrahlen den sonst eher trist wirkenden Raum. Dies und der Umstand, dass auf seinem Schreibtisch die angeforderten Ergebnisse und der Handschuhfund aus der Asservatenkammer bereitlagen, zauberte ihm ein Lächeln ins Gesicht. Er freute sich sehr, dass seine Anordnungen präzise befolgt worden waren.

Rasch fuhr er seinen PC hoch und wartete ungeduldig auf Steinmann. Ich werde dem Kollegen womöglich eine Uhr schenken müssen, dachte er. Als er gerade zum Telefon greifen wollte, um nachzufragen, wo sein Mitarbeiter abgeblieben war, schwang die Tür auf, und Matthias Steinmann betrat mit zwei dampfenden Kaffeebechern in der Hand den Raum. Kommissar Falck sog begierig den verführerischen Duft ein, der sich augenblicklich in der Luft ausbreitete.

Sonnenschein, Fakten zum Auswerten und Kaffee, der nicht von der Dienststelle stammte. Was wollte er mehr?

Der Kriminalkommissar nahm den Becher dankend entgegen, verkniff sich eine Bemerkung über das Zuspätkommen des Kollegen und genoss das Getränk in tiefen Zügen.

Gestärkt und gut gelaunt startete er die Zoomverbindung mit den Kollegen Jonas und Liebig, die beide an einem Kongress in Konstanz teilnahmen und sich für die Besprechung einen kleinen Raum in ihrem Hotel mieteten. Als das Flackern auf dem Bildschirm endlich aufhörte, atmete Falck erleichtert aus. Er hatte gar nicht bemerkt, dass er vor lauter Anspannung die Luft anhielt. Hoffentlich steht jetzt die Verbindung, bis wir hier fertig sind, hoffte er inständig und begrüßte Marcus Jonas und Franziska Liebig. Seine gute Laune war allerdings verflogen.

»Ist bei Ihnen alles in Ordnung?«, erkundigte sich Jonas, als er das zerknirschte Gesicht seines Chefs sah.

»Machen wir schnell, damit die Technik durchhält!«, ordnete Kommissar Falck an, ohne die Frage seines Kollegen zu beachten. Damit stellte er auch unmissverständlich klar, dass es für Smalltalk keine Zeit gab.

Er drehte den Computer so, dass der Blick der beiden Mitarbeiter auf den Tisch gerichtet war.

Anschließend bat er Steinmann, den Handschuhfund aus der Wohnung von Tim Wetzel neben das Beweisstück aus der Asservatenkammer zu legen.

»Können Sie alles sehen?«, fragte er in Richtung Computerbildschirm.

»Alles gut zu erkennen. Es sieht aus wie ein Paar Handschuhe«, stellte Jonas fest.

»In der Tat«, bestätigte Falck und stellte zusammenfassend klar, dass es sich um zwei Handschuhe eines Paares handelte. Ein Blick in den Bericht der KTU, der neben den Handschuhen lag, bestätigte die Zusammengehörigkeit.

»Das ist das fehlende Puzzleteil«, jubelte der Kommissar. »Es beweist, dass Tim Wetzel der Angreifer von Christian Ackerfeld war, bevor dieser für zwanzig Jahre von der Bildfläche verschwand.«

»Das könnte ja bedeuten, dass der Ackerfeld in der Tat der Mörder von Ida Wöller ist und es jetzt auf Tim Wetzel abgesehen hat, oder, was meinen Sie, Herr Kommissar?«, warf Frau Liebig mit einem strahlenden Lächeln in den Raum.

»Wir müssen alles daransetzen, diesen Herrn Wetzel zu finden. Ich sehe es wie Sie und hoffe, dass wir noch nicht zu spät kommen«, antwortete Falck.

Die Auswertung der Fingerabdrücke brachte noch eine weitere interessante Neuigkeit.

»Ich wusste es«, triumphierte Falck beim Vergleichen der Ergebnisse. »Schauen Sie, es gibt sowohl von Herrn Wetzel als auch von Herrn Hase Fingerabdrücke im Gästezimmer der Villa von Familie Wöller. Das hatten wir erwartet. Aber nun schauen Sie mal weiter. Es gibt ebenso von beiden Männern Spuren in Tim Wetzels Wohnung. Ich lag also richtig damit, anzunehmen, dass Hans Hase nicht die Wahrheit gesagt hat. Wobei er wahrscheinlich nicht komplett gelogen hat. Die beiden Herren kannten sich. Sie kannten sich sogar so gut, dass der Hase in der Wohnung vom Wetzel ein- und ausgegangen ist. Es gibt dort massig Fingerabdrücke von dem Mann. Es kann jedoch sein, dass sie sich erst während der Reparaturarbeiten im Anwesen der Wöllers kennengelernt haben.«

Genau in dem Augenblick, als Kommissar Falck den letzten Satz beendet hatte, flimmerte der Bildschirm, und die Verbindung brach ab.

»Das ist aber schade«, stichelte Steinmann. »Sie hätten sich doch bestimmt gern noch nach dem Kongress und nach dem Befinden unserer beiden Abgesandten erkundigt, stimmts, Herr Kommissar? Zu schade, dass die Verbindung vorher abgebrochen ist.«

»Ach, Steinmann, was soll ich bloß mit Ihnen machen? Natürlich ist es schade! Ich hätte schon gern die Meinung der beiden bezüglich meiner Darlegungen gehört.«

Falck begab sich daraufhin in den Besprechungsraum und ließ sich von seinem Kollegen die Beweisstücke und Unterlagen hinterherbringen. Dann verabschiedete er Steinmann in die Mittagspause. Er selbst blieb bei den Aufstellungen an der Pinnwand, öffnete weit das Fenster und durchmaß mit riesigen Schritten den Raum. Er spielte alle möglichen Szenarien gedanklich durch. Bevor er selbst in eine kurze Mittagspause ging, setzte er zwischen die Namen Hans Hase und Tim Wetzel auf der Pinnwand einen dicken, zu beiden Seiten zeigenden Pfeil.

Am Nachmittag nahm der Fall noch einmal eine Wendung. Als Kommissar Falck die Notiz las, die man ihm während seiner Mittagspause auf den Schreibtisch gelegt hatte, stand ihm die Überraschung ins Gesicht geschrieben. Er sah kurz zu seinem Kollegen auf der anderen

Seite des Büros, blickte erneut auf den Zettel und las die Nachricht ein zweites Mal. Er hatte sich nicht getäuscht. In der Mitteilung stand, dass Marie Hase ins Krankenhaus eingeliefert worden sei und ihren Mann vermisste.

»Haben wir etwas übersehen? Kennen sich Tim Wetzel, Ida Wöller und Hans Hase schon länger? Sind beide Männer in Gefahr?«, überlegte der Kommissar an seinen Kollegen gewandt.

Steinmann schüttelte nur ratlos den Kopf. Da er bei der Vermisstenmeldung, Ida Wöller betreffend, damals nicht reagiert hatte, bat er seinen Chef, diese Sache jetzt sehr ernst zu nehmen.

Falck gab sofort eine Großfahndung nach Tim Wetzel und Hans Hase in Auftrag.

Danach bestellte er für den nächsten Morgen nochmals ein Spurensicherungsteam zur Wohnung Wetzel.

Kapitel 22

2024

Unter Falcks Aufsicht stellte das Team die Wohnung von Tim Wetzel auf den Kopf.

Steinmann befragte in der Zwischenzeit die wenigen noch hier lebenden Nachbarn.

In der Wohnung fanden die Spurensicherer nichts Verdächtiges.

Matthias Steinmann war erfolgreicher. Bei den Bewohnern des Hauses wurde er fündig.

Der Mieter der Erdgeschosswohnung, ein Herr Schmidt, zeigte sich sehr gesprächig und erzählte dem Polizisten von ständigen Streitereien zwischen Herrn Wetzel und einem Fremden. Er hätte beobachtet, dass die beiden Anfang Mai eine Frau in ihrem Auto transportiert hätten, die eigenartig apathisch gewirkt hätte. Es wäre eine sehr adrett gekleidete Dame gewesen, was gar nicht zu den beiden Männern gepasst hätte, wie er fand.

Aufgrund dieser Mitteilung bat Steinmann den Zeugen mit nach oben und stellte ihn seinem Chef vor.

Kommissar Falck fand die Ausführungen ebenfalls sehr interessant. Er zog sein Handy aus der Tasche und zeigte dem Befragten ein Foto: »Ist das die Frau aus dem Auto?«

Herr Schmidt nickte. »Tatsächlich, das ist die Frau, die ich gesehen habe. Was ist mit ihr? Haben die Typen ihr was angetan?«

»Die Frau ist tot«, teilte ihm Herr Falck mit. »Wir wissen aber noch nicht, ob die beiden Männer etwas damit zu tun haben.«

Jetzt zeigte der Kriminalkommissar Herrn Schmidt ein Foto von Hans Hase, um sicher sein zu können, dass der Gesuchte hier ständig ein und aus gegangen war. Herr Schmidt konnte auch das bestätigen.

»Da fällt mir noch etwas ein«, sagte Falck. »Sagen Sie, gibt es zu den Wohnungen gehörige Keller in diesem Haus?«

»Aber ja«, antwortete der Hausbewohner. »Die Kellerräume sind nummeriert, von der ersten Etage ansteigend nach oben. Der Keller von Herrn Wetzel müsste also die Nummer vier haben.«

»Schauen Sie bitte ans Schlüsselbrett. Welcher Schlüssel könnte zum Kellerschloss passen?«

»Dieser hier«, sagte Herr Schmidt und griff nach dem Schlüssel, um ihn vom Haken zu nehmen und ihn dem Kommissar zu geben.

Steinmann konnte ihn gerade noch bremsen, in dem er laut: »Stopp!« rief. »Bitte nicht anfassen. Sonst sind Ihre Fingerabdrücke auf dem Schlüssel«, ergänzte er. Der Polizist zog sich seine Handschuhe an und nahm den Gegenstand an sich.

Falck verabschiedete sich von Herrn Schmidt: »Haben Sie vielen Dank. Sie haben uns sehr geholfen. Ich muss

Sie aber bitten, zum Polizeirevier zu kommen und ihre Aussage noch einmal zu Protokoll zu geben.«

»Na selbstverständlich«, versicherte Herr Schmidt, »man hilft doch, wo man kann. Die arme Frau. Ich kann es gar nicht glauben. Hoffentlich kriegen Sie den Mörder!«

In der Hoffnung, im Keller etwaige Spuren zu finden, ließ der Kommissar sein Team die Zelte in der Wohnung abbrechen und begab sich mit ihnen gemeinsam ins Untergeschoss des Hauses.

Beim Betreten des Kellers Nummer vier blieb den Beamten vor Erstaunen der Mund offen stehen. Vor ihnen an der gegenüberliegenden Wand des Kellerraumes erblickten sie einen Schrein mit jeder Menge Fotos von Ida Wöller, die durch eine riesige Grabkerze in warmes Licht getaucht wurden. Hier hatte jemand einen regelrechten Kult um diese Frau betrieben. Tim Wetzel musste sie über alles geliebt haben, oder hatte er sie gestalkt?

Nach dem ersten Schock unterzog Kommissar Falck die Bilder einer genaueren Untersuchung.

Viele der Aufnahmen waren in der Villa entstanden. Außerdem gab es einige Fotos, die die vornehme Dame auf einem Liegestuhl zeigten, mit Sonnenhut und einem Glas Champagner in der Hand. Im Hintergrund befand sich immer dasselbe Motiv, ein luxuriöses Häuschen im Bungalowstil, hinter dem sich ein Gewässer erstreckte.

Falck konnte nicht erkennen, ob es sich um einen Fluss oder um einen See handelte. Ihm fiel auf, dass das Mordopfer auf keinem der Fotos bewusst in die Kamera schaute. Das bedeutete also, dass Tim Wetzel die Aufnahmen ohne ihr Wissen gemacht haben musste. Vielleicht hatte sie gar nicht bemerkt, dass er sich in ihrer Nähe aufhielt.

Der Kriminalbeamte musste unbedingt rausbekommen, wo sich dieses Wochenendhaus befand. Vielleicht wusste Herr Plaschke Rat.

Der Kommissar hatte volles Vertrauen zu seinem Team und ließ seine Leute die Sicherung der Fundsachen weiter ohne seine Anwesenheit erledigen. In der Zwischenzeit rief er Herrn Plaschke an.

Der Diener teilte ihm mit, dass sich der Bungalow an der Havel in Berlin-Spandau befand.

Falck bat ihn, sich nachher mit ihm auf dem Revier zu treffen und den Schlüssel für das Wochenendhaus mitzubringen. Bei der Gelegenheit könnte er ihm die genaue Adresse mitteilen.

Er machte selbst noch ein paar Fotos vom Schrein in Wetzels Keller und ging in Gedanken alles durch, was bisher an Fakten vorhanden war.

Allmählich knurrte sein Magen dermaßen laut, dass er fast die Arbeit der Spurensicherung störte. Auf dem Weg hierher hatte er einen Hähnchenwagen gesehen. »Steinmann, Appetit auf Hähnchen? Das wäre doch jetzt was Feines, oder, was meinen Sie?«, fragte er mit einem süffisanten Grinsen seinen Kollegen.

»Sie wissen doch, dass ich beim Thema Essen immer dabei bin, Herr Kommissar«, war die nicht anders erwartete Antwort. Matthias Steinmann freute sich. Auf die Klappstullen in seiner Aktentasche hatte er nämlich gar keine Lust, und bis zum Feierabend dauerte es noch sehr lange.

Gut gesättigt und etwas träge setzten die beiden Beamten nach der Mittagspause ihre Arbeit fort. Sie waren gerade dabei, mit ihrem Team die neuen Erkenntnisse an ihrer Pinnwand zu ergänzen, als Herr Plaschke auf einmal aufgeregt in der geöffneten Tür des Besprechungsraumes stand.

Der Diener musste sich auf dem Weg hierher sehr beeilt haben. Zwischen hörbar schweren Atemzügen presste er seine Nachricht hervor: »Die Schlüssel sind weg.«

»Die Schlüssel vom Wochenendgrundstück?«, bohrte Falck nach.

Ewald Plaschke nickte bestätigend. Inzwischen bekam er wieder mehr Luft und sein Atem wurde ruhiger. »Ich habe überall danach gesucht. Sie sind spurlos verschwunden.«

»Gut, also müssen wir uns anders Eintritt verschaffen. Geben Sie uns einfach die genaue Adresse. Wir bekommen das schon hin«, sprach Falck beruhigend auf den Mann ein.

An das Team gerichtet ordnete er an: »Hier müssen Sie jetzt ohne Herrn Steinmann und mich weitermachen.«

Im Sturmschritt verließen die beiden das Polizeirevier.

»Jetzt kommt Ihre große Stunde, Herr Kollege! Sie dürfen wieder mal den Einbrecher geben«, freute sich Falck.

Er gab die genaue Adresse ins Navi ein und los ging es in Richtung Berlin-Spandau.

Nachdem Steinmann wie ein gewiefter Einbrecher das Tor zum Grundstück und die Hauseingangstür geöffnet hatte, wurde den beiden Kriminalbeamten schlagartig klar, dass dies kein angenehmer Besichtigungstermin werden würde.

Es roch nach Blut, Schweiß und Erbrochenem.

Im Eingangsbereich konnten sie noch nicht ausmachen, woher dieser schreckliche Gestank kam. Beim Öffnen der Tür zum Wohnzimmer sahen sie es.

Couch und Sessel waren an die Wand gerückt. In der Mitte des Raumes stand ein Stuhl, an dem Enden eines Seils befestigt waren. Um das Sitzmöbel herum erblickten die beiden Kriminalbeamten Reste von Erbrochenem. Unter dem Stuhl erkannten sie Flecken diverser Flüssigkeiten. In der Ecke des Raumes stand ein Eimer, der wahrscheinlich zeitweise als Toilette gedient hatte. Auf dem Tisch lagen leere Plastikwasserflaschen und die Ausweispapiere von Christian Ackerfeld, alles achtlos über den Tisch verteilt. Dazwischen entdeckte Falck ein Messer und blonde Haarlocken. Welch grausames Schauspiel hatte sich hier ereignet?

Der Kommissar rief augenblicklich auf dem Revier an und gab für das Spurensicherungsteam die Adresse durch.

Er für seinen Teil hatte erst einmal genug. Sein Kollege sah schon wieder grün um die Nase aus, und ihm selbst ging es auch nicht so gut.

Als sie sich gerade auf den Weg nach draußen machen wollten, nahm Falck ein Geräusch hinter der Zwischentür wahr. Er bedeutete seinem Kollegen, leise zu sein und drückte lautlos die Türklinke herunter. Als er die Tür einen kleinen Spalt geöffnet hatte, nahm er im Augenwinkel wahr, wie jemand in geduckter Haltung durch die offen stehende Hintertür in Richtung Havel huschen wollte. »Das ist doch Tim Wetzel«, flüsterte er seinem Kollegen zu.

Steinmann nickte, stieß die Zwischentür komplett auf und rannte dem Flüchtigen hinterher. Dabei rief er: »Stehen bleiben, Polizei!«

Der Angesprochene dachte jedoch mit keiner Silbe daran, ihm Folge zu leisten, sondern sprintete nun in aufrechter Haltung zum Uferbereich. Er gewann mehr und mehr Vorsprung. Schließlich entwischte er mit einem Motorboot, das am Steg befestigt gelegen hatte.

Steinmann blieb prustend und nach Luft ringend stehen. Zwischen zusammengebissenen Zähnen presste er hervor: »Verdammter Mist. Hätte ich doch nur nicht so viel Gewicht auf den Rippen! Ich muss unbedingt anfangen zu trainieren.«

Als der Beamte wieder normal atmen konnte, ging er durch die Hintertür zurück ins Haus, wo sein Vorgesetzter bereits den Raum inspizierte, in dem sich Tim Wetzel in den letzten Tagen aufgehalten haben musste.

»Was haben wir denn hier Feines?«, freute Falck sich und zeigte auf ein Handy, das vor dem provisorischen Campingbett auf dem Boden lag. »Das muss der gute

Mann in der Eile vergessen haben. Gut, dass die Spurensicherung gleich anrücken wird. So können wir den Mitarbeitern das Teil gleich zur Untersuchung mitgeben. Ich bin gespannt, was darauf zu finden sein wird.«

Der Kommissar zückte sein eigenes Handy und veranlasste nochmals die Fahndung nach Tim Wetzel, jetzt mit genaueren Angaben zu seinem eventuellen Aufenthaltsort.

Als die Spurensicherung wenige Minuten später eingetroffen war und sie das Fundstück übergeben hatten, fuhren die beiden Beamten in Falcks Dienstwagen zurück nach Falkensee.

Kapitel 23

2024

Am nächsten Tag wurden Falck und Steinmann an einen weiteren Tatort gerufen.

Viele Polizisten schwärmten in den letzten zwei Tagen in dem Gebiet rund um den Friedhof in Falkensee aus. Gleich hinter dem Zaun zum Friedhofsgelände entdeckten sie eine mit Kiefernzweigen abgedeckte männliche Leiche, die in einer Kuhle lag.

Kommissar Falcks Nerven spannten sich auf der Fahrt zum Fundort bis zum Zerreißen. Wessen Leichnam würde er gleich vor sich sehen? Er hoffte, dass es sich nicht um den leblosen Körper von Hans Hase handelte. Das würde der im Krankenhaus liegenden Marie Hase den letzten Rest geben. Kurz nach der Beisetzung der Freundin den Mann zu Grabe tragen zu müssen, das würde Falck der sympathischen Frau gern ersparen. Energisch rief er seine Gedanken zur Ordnung. Solche Emotionen sollte er als erfahrener Polizeibeamter gar nicht erst an sich herankommen lassen. Jetzt galt es professionelle Distanz zu bewahren.

Als er schließlich beim Tatort anlangte, hatte er sich innerlich für den Fund gewappnet, wer auch immer es sein sollte. Beim Blick auf den Toten musste er dennoch einmal tief durchatmen. Vor ihm lag tatsächlich die Leiche von Hans Hase.

Die Rechtsmedizinerin aus Potsdam, eine sehr attraktive junge Frau, befand sich bereits vor Ort und hatte den Leichnam von den Kiefernzweigen befreit. Als Kommissar Falck und sein Kollege am Tatort eintrafen, machten sie sich zunächst miteinander bekannt.

Frau Doktor Theodora arbeitete erst seit Kurzem für das Institut in der Landeshauptstadt. Trotz ihres jungen Alters, Falck schätzte sie auf ungefähr dreißig Jahre, vermittelte sie einen sehr versierten Eindruck. Außerdem gefiel dem Chef der Mordkommission ihre äußere Erscheinung. Die junge Frau wirkte sehr schlank, hatte ein ebenmäßiges Gesicht und fast schwarze Mandelaugen. Ihre vollen Lippen leuchteten verführerisch in einem satten Dunkelrot. Selbst in dem Schutzanzug, der zu ihrer Arbeit gehörte, zeichneten sich die sanften Rundungen von Po und Brüsten der Medizinerin ab. Es würde eine Freude sein, mit dieser hübschen und zugleich intelligenten Person zu arbeiten.

Als Falck den Blick seines Kollegen Steinmann sah, musste er feststellen, dass sie beide sich in Bezug auf die neue Gerichtsärztin einig waren. Er lenkte seine Aufmerksamkeit nun in Richtung Tatort.

Frau Doktor Theodora fuhr bereits mit der Untersuchung der Leiche fort und stellte gerade den ungefähren Todeszeitpunkt fest. Es musste kurz nach der Trauerfeier passiert sein. Da hatte der Täter oder die Täterin womöglich den Menschenauflauf auf dem Friedhof genutzt, um sein Opfer unbemerkt fortlocken und töten zu können.

Der Ermordete war vollständig bekleidet, wies jedoch jede Menge Einstichspuren auf. Das sah nach einer Tat mit ungeheuer aufgestauter Wut aus.

Kommissar Falck ordnete augenblicklich eine Nachrichtensperre an. Einerseits, um die Witwe zu schützen, und andererseits, um den Täter in Sicherheit zu wiegen.

»Habt ihr noch was bei der Leiche gefunden?«, fragte er an das junge Such-Team gerichtet.

Ein Polizeianwärter übergab ihm eine Tüte und erklärte eifrig: »Brieftasche, Handy, Schlüsselbund und ein abgelaufener Busfahrschein, war alles noch in den Hosen- und Jackentaschen verstaut. Einen Raubmord können wir also ausschließen.«

Falck klopfte ihm anerkennend auf die Schulter und bemerkte schmunzelnd: »Das haben Sie sehr scharfsinnig kombiniert.« Irgendwie erinnerte ihn dieser Jungspund an sich selbst, als er noch am Anfang seiner Karriere stand.

Aber nun zurück zum Ernst der Lage, riss er sich selbst aus seinen abschweifenden Gedanken. Er wandte sich der Gerichtsmedizinerin zu und erkundigte sich bei ihr, wann er mit dem endgültigen Obduktionsbericht rechnen könne.

»Den haben Sie morgen früh auf Ihrem Tisch, Herr Kommissar.« Mit einem Augenzwinkern bemerkte sie: »Ganz schön übereifrig, der junge Kollege, stimmts?«

»Das macht nichts. Es wird noch früh genug alles zur Routine. Apropos Routine durchbrechen, was halten Sie von einem Bier oder einem Glas Wein nach Feierabend, zum Einstand sozusagen?«

Die junge Kollegin fühlte sich offensichtlich geschmeichelt. Sie überlegte kurz, dabei umspielten niedliche Grübchen ihre Mundwinkel. Schließlich erwiderte sie:

»Heute geht es bei mir leider nicht, aber am nächsten Wochenende könnte es klappen. Samstagabend? Im Gartenlokal Onkel Oscar in Potsdam?«

Falck nickte erfreut.

Steinmann war ebenfalls Feuer und Flamme.

Die kurze Auszeit am kommenden Wochenende würde ihnen beiden guttun, stand ihnen doch jetzt noch ein schwerer Gang bevor.

Der Kommissar schickte seinen Kollegen einen Strauß Blumen holen und rief die Polizeipsychologin an. Für die nun bevorstehende Aufgabe brauchte er professionelle Unterstützung. Außerdem war Frau Liebig bereits mit dem Fall vertraut und kannte alle Zusammenhänge.

Falck setzte seine Kollegin kurz telefonisch ins Bild und verabredete sich mit ihr und Steinmann um dreizehn Uhr vor dem Krankenhauseingang. Anschließend machte er sich selbst auf den Weg dorthin.

Auf der Fahrt im Auto spukten viele Fragen in seinem Kopf herum. Wie würde Frau Hase den Tod ihres Mannes verkraften? Hatte sie etwas von der Begegnung zwischen Tim und Hans gewusst? Ob sie trotz ihres schlimmen Verlustes in der Lage war, noch ein paar Fragen zu beantworten? Er hoffte es sehr.

Marie Hase lag mit geschlossenen Augen im Krankenhausbett und dämmerte vor sich hin. In ihrem Kopf dröhnte es. Sie fühlte sich wie in einem Karussell, das sich unaufhörlich drehte. Ab und an nahm sie eine Berührung am Arm wahr oder spürte ein zartes Streicheln an der Wange.

Langsam kam das Karussell zur Ruhe. Marie öffnete vorsichtig die Augen und blickte in ein zerfurchtes freundliches Gesicht, das von mittellangem grauem Haar eingerahmt war.

»Da sind Sie ja wieder. Wir hatten uns schon Sorgen gemacht. Ich bin Schwester Claudia. Wissen Sie, wo Sie hier sind?«, fragte die freundliche Frau.

»Ich denke, ich bin in einem Krankenhaus. Ich erinnere mich noch, dass ich an der Bushaltestelle zusammengesackt war und in einen Rettungswagen getragen wurde. Augenblicklich wurde alles schwarz um mich herum.«

Plötzlich weiteten sich Maries Augen, und sie stieß von Angst erfüllt aus: »Mein Mann! Er weiß doch bestimmt gar nicht, wo ich bin.«

Sie richtete sich abrupt auf, schaute die Schwester hoffnungsvoll an und fragte: »Oder wartet er draußen schon auf mich? Mir geht es schon viel besser. Kann ich zu ihm?«

Schwester Claudia drückte ihre aufgebrachte Patientin behutsam zurück in die Kissen und sprach beruhigend auf sie ein. »Ihr Mann war noch nicht hier. Aber ich bin mir sicher, dass er darüber informiert wurde, wo man Sie hingebracht hat. Draußen wartet aber jemand anderes auf Sie. Zwei Herren und eine Dame von der Falkenseer Polizei möchten Sie gern sprechen. Darf ich Sie hereinbitten?«

Marie war etwas verwirrt. Was könnte die Polizei von ihr wollen? Ob sie eine Spur von Idas Mörder hatten? Aber weswegen kamen sie dafür hierher ins Krankenhaus? Sie konnte sich keinen Reim darauf machen, nickte aber Schwester Claudia bestätigend zu.

Als sie in die Gesichter der drei Beamten sah, ahnte sie nichts Gutes. Dann hörte sie Wörter aus dem Mund des Kommissars, die sie in keinen Zusammenhang bringen konnte.

»Leid ... müssen ... mitteilen ... Mann ... tot«

Das letzte Wort hallte wie in Dauerschleife in ihrem Kopf nach. Marie wurde schwarz vor Augen, und alles um sie herum verschwand.

Wie aus einem schlechten Traum erwachte Marie wenig später. Das Wort »tot« schwang noch immer in ihrem Kopf. Es wollte einfach nicht aufhören. Sie öffnete vorsichtig die Augen. Nein! Es handelte sich nicht um einen Traum.

An ihrem Bett saß die Polizistin, die vorhin mit Kommissar Falck und seinem Kollegen Steinmann in der Tür gestanden hatte. Die junge Frau stellte sich vor und erklärte ihr, dass sie bei der Polizei als Psychologin arbeitete. Sie erzählte Marie so behutsam wie nur möglich, wo sie ihren Mann gefunden hatten und dass er ermordet wurde. Danach fragte sie, ob Marie sich in der Lage fühlte, mit dem Kommissar zu sprechen. Es sei wichtig, einige Zusammenhänge zu prüfen, damit der Mörder gefunden werden konnte.

Da Marie zustimmte, holte die Psychologin den Kommissar ins Krankenzimmer.

Falck sprach Marie zunächst sein tief empfundenes Beileid aus. Dann fragte er sie, ob sie wüsste, seit wann ihr Mann bei Tim Wetzel ein- und ausging und ob er Ida Wöller persönlich kannte.

Marie fiel es auf einmal wie Schuppen von den Augen. Natürlich! Ihr Mann Hans musste in etwas verwickelt gewesen sein. Er verhielt sich in der letzten Zeit sehr eigenartig, als hätte er ein schlechtes Gewissen.

Von einer Bekanntschaft zwischen ihm und Tim Wetzel oder gar ihrer Freundin Ida wusste sie nichts.

Marie erzählte alles, was ihr in den letzten Wochen aufgefallen war. Nach ihren Ausführungen, die ihr alles abverlangten, sank sie ermattet in ihr Kissen und Tränen rannen über ihr Gesicht.

Kapitel 24

2024

Alle bisherigen Indizien deuteten darauf hin, dass Christian Ackerfeld als dringend tatverdächtig galt.

Daher beantragte Falck beim Staatsanwalt einen Haftbefehl für den Mann. Am späten Nachmittag durfte er seine Beweggründe im Büro des Vorgesetzten darlegen und erhielt die Befugnis, Herrn Ackerfeld in Untersuchungshaft zu nehmen. Der Kommissar rief im Kloster an und erkundigte sich, ob ihr Verdächtiger schon wieder im Hause weilte. Danach machte er sich auf den Weg ins Büro, um seinen Kollegen Steinmann abzuholen.

»Heute wird es noch nichts mit unserem Feierabend, wir müssen noch mal los nach Brieselang. Es gibt einen Haftbefehl«, teilte er ihm mit, als er wieder im Polizeirevier ankam.

Steinmann fragte mit sich überschlagender Stimme: »Also sind Sie sich sicher, wer unser Mörder ist?«

»Nein«, bremste Falck den Enthusiasmus seines Mitarbeiters. »Sicher bin ich mir nicht. Aber Christian Ackerfeld ist zumindest dringend tatverdächtig. Und bevor er wieder abtaucht oder ihm Tim Wetzel zum Opfer fällt, nehmen wir ihn lieber in Gewahrsam.«

Sie kamen gerade zur Abendbrotzeit im Kloster an.

Um kein großes Aufsehen zu erregen, warteten die beiden Beamten im Park und ließen den Verdächtigen von Bruder Zacharias zu sich holen.

Den Klosterbruder irritierte diese Maßnahme sehr. Er hielt seinen Schützling für unschuldig. Aber er musste den Gesetzeshütern gehorchen. Also lotste er den Mann, der inzwischen ein wahrer Freund für ihn war, unter einem Vorwand in den Klosterpark.

Steinmann bat Christian Ackerfeld, ohne Widerstand mitzugehen, da er ihm sonst Handschellen anlegen müsste. Auf der Wache las er dem Beschuldigten seine Rechte vor und brachte ihn in die Zelle.

Christian empfand es unglaublich peinlich, von der Polizei in Gewahrsam genommen worden zu sein. Verzweifelt saß er in seiner Gefängniszelle und grübelte. Wie er auch alles drehte und wendete, er wusste nicht, wie er seine Unschuld beweisen könnte.

Den Anruf, der ihm zustand, nutzte der Beschuldigte für ein Gespräch mit Bruder Zacharias. Von ihm erfuhr er, dass die Polizei auch im Kloster ermittelte. Das konnte er ihm vorhin in der Kürze der Zeit nicht erzählen, da die Polizeibeamten im Kloster ankamen, nachdem Christian gerade erst von seinem Tagesausflug nach Berlin zurückgekehrt war.

Es tat Christian von Herzen leid, dass sein Vertrauter und Freund ebenfalls kurzzeitig unter Verdacht stand, einen Mord begangen zu haben. Hätte er sich bloß früher dazu durchgerungen, ein Lebenszeichen von sich zu geben! Christian machte sich schreckliche Vorwürfe, weil er sich so lange versteckt hielt.

Mit Wehmut dachte er an seine Eltern. Was mussten sie durchlitten haben? Sie waren gestorben, ohne dass er eine Gelegenheit bekam, ihnen alles zu erklären.

Christian ballte die Fäuste und starrte vor sich hin.

Bei der Vernehmung, die der Kommissar jetzt im Beisein eines Anwalts durchführte, erzählte der Beschuldigte noch einmal alles wahrheitsgetreu, genauso wie während seiner ersten Befragung.

Kapitel 25

2024

Endlich war Marie wieder in ihren eigenen vier Wänden angekommen. Sie fühlte sich zwar noch etwas wacklig auf den Beinen, körperlich fehlte ihr jedoch nichts.

Ziellos streifte die vom Leben so hart bestrafte Frau durch ihre Wohnung und empfand dabei eine unglaubliche Leere. Alles erinnerte sie an Hans. Allmählich realisierte Marie, dass ihr geliebter Mann nicht mehr da war. Nie wieder würde sie sein dröhnendes Lachen durch die Räume schallen hören. Sie würde sich nie wieder aufregen können, weil er den Toilettendeckel nicht zuklappte oder weil seine schmutzigen Socken vor dem Wäschekorb lagen.

Ermattet setzte Marie sich auf das Bett ihres ermordeten Ehemannes und zog die Nachttischschublade auf. Sie nahm das Buch heraus, das ihr Liebster ab und zu abends vor dem Schlafengehen las. Es enthielt eine Gedichtsammlung. Marie erinnerte sich. Manchmal konnte ihr Hans sehr gefühlvoll sein. Doch diese Seite des sonst eher praktisch veranlagten Monteurs zeigte er nur ihr.

Gedankenverloren blätterte Marie durch den Gedichtband. Schließlich klappte sie das Buch zu, drückte es an ihre Brust und ließ sich auf die Bettdecke sinken. Sie begann hemmungslos zu weinen. Dabei gingen ihr die Erlebnisse der letzten Wochen, in denen Hans am Leben gewesen war, noch einmal durch den Kopf. Marie erinnerte sich, dass ihr Mann ungewöhnlich oft vor dem kleinen Sekretär im Wohnzimmer stand und immer, wenn sie den Raum betrat, schnell die kleine obere Schublade schloss, in der er seine alten Ausweise und andere Reliquien aus seiner Vergangenheit aufbewahrte. Wenn sie jetzt darüber nachdachte, kam es ihr sehr merkwürdig vor, dass sie sein schuldbewusstes Lächeln seinerzeit falsch deutete.

Marie hievte sich vom Bett hoch und bewegte sich in Richtung Wohnzimmer. Irgendetwas musste sich in dieser Schublade befinden, das Hans vor ihr verheimlichen wollte. Am Sekretär angekommen, war Marie sehr mulmig zumute. Sollte sie hineinschauen in diese Schublade? Wollte sie es wissen? Ja! Sie wollte und musste endlich herausbekommen, was ihr Mann vor ihr versteckte. Mit wild klopfendem Herzen zog sie die Schublade ein kleines Stückchen heraus. Sie blickte auf ordentlich übereinandergelegte Ausweise und eine kleine Münzsammlung. Das konnte nicht sein! In diesem Fach musste sich noch etwas anderes verbergen! Mit einem Ruck zog sie den Kasten nun heraus, sodass etwas Schwarzes zwischen den Ausweisen hervorlugte. Wusste ich's doch, fluchte sie leise vor sich hin. Dabei entglitt ihr die Schatulle, und der Inhalt verteilte sich über den flauschigen Wohnzimmerteppich. Was war das? Das Teil hatte Marie noch nie zuvor gesehen. Das schwarze Etwas entpuppte sich als ein kleines Prepaidhandy. Mit zittrigen Fingern nahm sie es an sich und drückte auf die Einschalttaste. Nichts geschah. Das Handy blieb stumm. Nun begann die verzweifelte Frau fieberhaft nach einem Ladegerät zu suchen. Sie fand es kurz darauf, eingesteckt in die Steckdose hinter dem Schrank. Marie verband das Handy mit dem Ladekabel und wartete ungeduldig, bis es sich starten ließ.

Verwundert stellte sie fest, dass ihr Mann sich nicht die Mühe machte, das Telefon durch einen Code zu sichern. Nach dem Einschalten konnte sie auf alle Funktionen des Handys zugreifen. Als sie die Anrufliste öffnete, war alles aus. Maries Herz begann zu flattern, Schweiß trat auf ihre Stirn, und die Buchstaben tanzten vor ihren Augen hin und her.

»Jetzt reiß dich zusammen!«, befahl sie sich selbst. »Du hast doch längst gewusst, dass Hans mit irgendetwas Furchtbarem konfrontiert war.«

Sie nahm all ihren Mut zusammen und las die Namen der in dem Handy ein- und ausgegangenen Gespräche.

Als sie am Ende der Liste ankam, entglitt ihr das Handy und schlitterte über den Boden. Sie krampfte die Hände zu Fäusten zusammen und sackte auf den Wohnzimmerteppich, wo sie wie ein Embryo im Mutterleib, bitterlich weinend, liegen blieb.

Was sollte sie jetzt nur tun? Was Hans hinter ihrem Rücken tat, hätte sie sich in ihren schlimmsten Träumen nicht ausmalen können. Ihr geliebter Mann machte gemeinsame Sache mit diesem zwielichtigen Typen. Vielleicht war er sogar in den Mord an Ida verstrickt.

Marie wurde wütend, dass ihr irgendjemand die Möglichkeit nahm, ihrem gefallenen Helden ins Gesicht sagen zu können, was sie von ihm hielt. Warum ließ derjenige nicht die Polizei ihre Arbeit machen? Laut Inhalt des Anrufverlaufes kam in ihren Augen nur ein Mensch als Mörder ihres Mannes in Betracht, und diese Person hieß Tim Wetzel.

Marie stand auf, kramte ein Taschentuch aus der Verpackung, die auf der Kommode lag und trocknete ihre Tränen. Dann lief sie zum Festnetztelefon, nahm das Handyteil in die Hand und suchte die Visitenkarte von Kommissar Falck heraus. Sie setzte sich an den Küchentisch und wählte seine Nummer. Ihr Gedächtnis funktionierte inzwischen glasklar. Egal, was ihr Mann getan hatte, sie wollte, dass sein Mörder gefasst wurde. Marie erreichte nur die Mailbox von Falcks Anschluss. Da ihr die Nachricht, die sie ihm übermitteln wollte, sehr brisant erschien, bat sie den Kommissar um Rückruf.

Plötzlich meldete sich ihr Magen. Marie erhob sich, suchte in den Schränken alles zusammen, was sie für das Lieblingsgericht ihres Mannes brauchte. Sie begann zu kochen und empfand auf einmal eine eigenartige Genugtuung.

Das fertige Bauernfrühstück, das ihr heute besonders gut gelang, richtete sie ansprechend mit Gürkchen und Tomatenscheiben auf ihrem Teller an. Sie aß mit einem schon lange nicht mehr dagewesenen Appetit.

Das Telefonklingeln katapultierte Marie in die Wirklichkeit zurück. Schockiert blickte sie auf den leer gegessenen Teller und die auf dem Herd stehende Bratpfanne. Von dem Anblick wurde ihr übel. Sie stürzte ins Bad und schaffte es gerade noch, den Deckel hochzuklappen, bevor sie das gerade verzehrte Mahl ins Toilettenbecken erbrach. Am ganzen Leib zitternd brach sie auf dem flauschigen Badezimmerteppich zusammen und weinte bitterlich. Schließlich schlief sie ermattet ein.

Ein Klopfen an der Wohnungstür weckte sie. Marie öffnete die Augen und schaute sich verwundert um. Eine Welle an Hilflosigkeit und Verzweiflung drohte sie erneut zu überrollen.

Erneut vernahm sie das Klopfen. Sie rappelte sich mühsam auf und tastete sich an der Wand entlang zum Flur.

Marie öffnete die Wohnungstür einen kleinen Spalt und erblickte vor sich einen sehr besorgt blickenden Kommissar. »Frau Hase, wie geht es Ihnen? Ich habe mir Sorgen gemacht, da Sie nach Ihrer Bitte um Rückruf nicht ans Telefon gegangen sind«, sagte er.

Hinter dem Kriminalkommissar über die Treppe verteilt sah Marie eine Gruppe von Polizisten.

»Sind Sie allein? Geht es Ihnen gut?«, erkundigte sich der Chef der Ermittlungen.

Die verstörte Witwe brachte keinen Ton heraus. Sie trat von der Tür zurück und ließ die Männer eintreten. Marie zeigte wortlos auf das vor dem Telefontischchen liegende Handy.

Kommissar Falck hob das Gerät vom Boden auf, schaltete es ein und begann zu lesen. Seine Miene zeigte keinerlei Regung. Anschließend nickte er, schaltete das Handy aus und übergab es seinem Kollegen Matthias Steinmann, der bereits eine Tüte bereithielt.

»Kann ich Sie allein lassen oder soll ich einen Arzt rufen?«, fragte er die sehr zerbrechlich wirkende Frau.

Marie fand ihre Sprache wieder und erklärte ihm: »Ich bin nur unfassbar wütend, gleichzeitig traurig, verletzt und unendlich müde.«

Sie bat die Herren, zu gehen. Mit dem Gefühl, nun genug getan zu haben, begab sie sich in ihr Schlafzimmer, ließ sich mit ihrer kompletten Kleidung aufs Bett fallen und fiel in einen tiefen, traumlosen Schlaf.

Kapitel 26

2024

»Spannen Sie mich doch nicht so lange auf die Folter!«, brummelte Steinmann seinen Chef an, der mit ernster Miene den Forensik-Bericht auf seinem PC studierte. »Nun sagen Sie schon, welche Informationen auf den Handys waren!«

»Moment, Steinmann, ich hab's gleich«, beruhigte Kommissar Falck seinen ungeduldigen Kollegen. Er drehte seinen Bildschirm so, dass er sein Notizbuch davorlegen konnte, kramte einen Stift aus der Schublade und begann zu schreiben. Nach einer Weile, in der Steinmann immer wieder neugierig seinen Hals reckte, ohne etwas erkennen zu können, erlöste der Kommissar seinen Kollegen und klärte ihn anhand seiner Notizen auf. »Aus dem Anrufverlauf auf beiden Handys ist ersichtlich, dass Hans Hase und Tim Wetzel über eine lange Zeit telefonischen Kontakt hatten. Interessanterweise sind seit dem Tag der Ermordung von Ida Wöller nur noch eingehende Anrufe von Tim Wetzel in den Listen. Der Chatverlauf auf beiden Telefonen wurde jedoch gelöscht, und bisher ist es den Kollegen noch nicht gelungen, ihn komplett wiederherzustellen.«

»Das wäre zu schön, wenn wir sofort sehen könnten, was genau die beiden miteinander ausgeheckt hatten«, stellte Steinmann fest.

»Das stimmt«, bestätigte Kommissar Falck, »aber die anderen Spuren sind eindeutig. Von beiden Männern sind Fingerabdrücke im Wochenendhaus gesichert worden, von Herrn Hase jedoch nicht in Tims provisorischem Unterschlupf und auch nicht in der Mitte des Raumes, in dem Ida Wöller augenscheinlich festgehalten und gefoltert worden war. Die Gegenstände, die über den Tisch verteilt lagen, trugen ebenfalls nur Spuren von Herrn Wetzel oder von Frau Wöller.«

Das Klingeln des Telefons riss die beiden aus ihren Überlegungen. Kommissar Falck nahm das Gespräch an und flüsterte auf einmal mit sich fast überschlagenden Anweisungen ins Telefon:

»Was? Das ist fabelhaft. Unternehmen Sie nichts und bleiben Sie, wo Sie sind. Aber achten Sie darauf, dass er Sie nicht zu Gesicht bekommt! Und, Plaschke, bitte versuchen Sie, ungesehen zum Tor zu kommen, damit wir nicht klingeln müssen!«

Aufgeregt gab er die Information an seinen Kollegen weiter: »Tim Wetzel ist aufgetaucht. Und raten Sie mal, wo, Steinmann! Das glauben Sie nicht. In der Villa von Familie Wöller. Er besitzt noch einen Schlüssel und dachte vermutlich, sich unbemerkt in sein ehemaliges Zimmer schleichen zu können. Drücken Sie den Daumen, dass er sich in Sicherheit wähnt, bis wir dort eintreffen!«

Kapitel 27

2024

Zwanzig Minuten später stellten die beiden Beamten ihren Dienstwagen in einer Querstraße ab, die von der Villa der Familie Wöller nicht einsehbar war, und näherten sich zu Fuß dem luxuriösen Anwesen.

Wie vereinbart, wurden sie von Herrn Plaschke erwartet, der das Tor öffnete und vorgab, Post aus dem Briefkasten nehmen zu wollen. Er nickte ihnen kurz zu und machte sich auf den Rückweg zur Haustür.

Die Kriminalbeamten suchten mit ihren Augen die Umgebung und die Fensterfront der Villa nach einer eventuellen Bewegung ab. Es schien alles ruhig zu sein.

Also passierte Steinmann als erster den Eingang. Er hatte noch keine drei Meter zurückgelegt, da peitschte ihm ein Schuss um die Ohren, dem er nur knapp ausweichen konnte. Steinmann fluchte: »So ein Mistkerl, hat er uns doch bemerkt« und rannte gebückt zurück zum Ausgang. Der Polizist zog seine Dienstwaffe und verschanzte sich hinter dem Briefkasten, wo sein Chef mit gezogener Waffe bereitstand.

Die beiden Beamten mussten mit ansehen, wie Tim Wetzel auf Herrn Plaschke zustürmte, ihm eine Pistole gegen die Schläfe drückte und mit einem gehässigen

Grinsen sagte: »Das hast du dir so gedacht, was? Du alter Narr. Du kommst mir genau richtig als meine Eintrittskarte in die Freiheit.«

Der Verdächtige schob den verängstigten Diener mit vorgehaltener Waffe zur Eingangstreppe. Bevor er mit seiner Geisel im Haus verschwand, drehte er sich noch einmal um und rief den beiden Kriminalbeamten zu: »Verschwinden Sie, ich habe Herrn Plaschke! Und es fällt mir nicht schwer, ihn zu erschießen, diesen miesen Verräter.« Als eindrucksvollen Beweis, dass er es ernst meinte, gab er zwei Schüsse in die Luft ab.

»So ein Mist!«, zischte Falck. Dann befahl er: »Steinmann! Versuchen Sie, sich irgendwie unbemerkt zum Hinterausgang des Anwesens durchzuschlagen, damit uns der Wetzel nicht wieder entwischt! Ich werde Verstärkung anfordern.«

Kommissar Falck wartete, bis sein Kollege um die nächste Ecke verschwunden war. Daraufhin entsperrte er sein Handy und gab die Meldung zur Geiselnahme mit Schusswaffengebrauch durch. Derweil beobachtete er wie gebannt die Fensterfront des Hauses, konnte jedoch weder eine Spur vom Geiselnehmer noch von dessen Opfer ausmachen. Plötzlich lief ein Zittern durch seinen Körper. Nur mit Mühe bekam er seine Atmung in den Griff. Einen derartigen Einsatz hatte Falck das letzte Mal vor zehn Jahren erlebt, damals war er aber nicht in Beschuss geraten.

Es dauerte nur ein paar Minuten, für ihn verging jedoch eine halbe Ewigkeit, bis eine Kolonne von Einsatzfahrzeugen sich rings um das Anwesen verteilte. Blitzschnell öffneten sich die Türen der Fahrzeuge und entluden gleichzeitig mehrere Trupps bewaffneter Polizisten in kompletter Einsatzkleidung, die in Windeseile beinahe lautlos ausschwärmten und in Position gingen. Ein größerer Transporter mit gepanzerten Wänden hielt wenige Meter von Falcks Position entfernt.

In dem Moment hörte der Kommissar, wie der Geiselnehmer aufgebracht schrie: »Was soll das? Sie sollen abhauen. Ich erschieße den Mann.«

Der Beamte im Transporter kam mit einem Megafon in der Hand zu Falck gehuscht und hockte sich neben ihn.

Den Kommissar umfing auf einmal eine unendliche Ruhe. Er würde jetzt sein Bestes geben und diesen Verbrecher davon abhalten, dass noch ein Mann sein Leben lassen musste. Hoch konzentriert stellte er sich dem Kommandanten des Sondereinsatzkommandos vor und setzte ihn ins Bild.

Kommandant Kegler hob das Megafon an seinen Mund und forderte den Geiselnehmer auf: »Geben Sie auf, Herr Wetzel! Sie sind umstellt. Sie haben keine Chance.«

Als Antwort peitschten mehrere Schüsse vom oberen Stockwerk des Hauses durch die Luft.

»So kommen wir nicht weiter«, stellte Herr Kegler fest. Er schlich in geduckter Haltung zum Transporter und bedeutete Falck durch einen Wink, ihm zu folgen. »Hier drin sind wir sicher«, sagte er erleichtert, nachdem er die Tür hinter sich geschlossen hatte. »Außerdem haben wir in diesem Fahrzeug die erforderliche Technik, um den Täter überführen zu können.«

Tatsächlich konnten die beiden Polizeibeamten auf den im Wagen befindlichen Bildschirmen bereits nach wenigen Minuten ins Innere der Villa schauen.

Natürlich, dachte Falck, das Anwesen verfügt über eine Alarmanlage, in die sich die Spezialisten mit Leichtigkeit einklinken können. Auf einem der Bildschirme erblickte der Kommissar Tim Wetzel, der hinter einem Fenster in der oberen Etage der Villa stand und seine Pistole auf den vor ihm im Sessel kauernden Diener gerichtet hatte. Mit Schrecken erkannte er, wie der Geiselnehmer seinen Kopf unruhig hin- und herdrehte und wie seine Schusshand hoch- und runterzuckte. Er erschrak noch mehr, als er nun die Frage des Kommandanten an seine Einsatzkräfte vernahm.

»Habt ihr freies Schussfeld?«, erkundigte sich Kegler bei seinen Scharfschützen.

Das gefiel Falck gar nicht. »Wir sollten doch versuchen, die Sache ohne Blutvergießen zu beenden«, mahnte er den Leiter des Einsatzkommandos.

»Natürlich, das denke ich auch. Ich habe nur nachgefragt, für den Fall, dass unser Täter die Nerven verliert. Ich werde jetzt versuchen, Herrn Wetzel übers Festnetztelefon zu erreichen. Das Gerät steht, wie Sie sehen können, in dem Raum, in dem die beiden sich gerade befinden. Vielleicht lässt sich der Mann auf Verhandlungen ein und wird dadurch etwas ruhiger. Wir müssen unbedingt Zeit gewinnen. Im Haus der Familie gibt es ein

Smart-Home-System. Wenn wir es schaffen, uns da einzuwählen, können wir die Aufmerksamkeit des Täters auf etwas anderes lenken, sodass es uns möglich wird, die Villa zu stürmen.«

»Das ist eine gute Idee«, pflichtete Falck ihm bei. »Versuchen Sie es!«

Der Kommandant wählte die vor ihm auf dem Monitor angezeigte Telefonnummer und wartete gespannt, ob es funktionieren würde.

Falck beobachtete auf dem Bildschirm, wie sich der Kopf des Täters in Richtung Telefon drehte und er sich langsam, sich immer wieder verstohlen nach allen Seiten umschauend, zum klingelnden Gerät begab. Dabei hielt er seine Waffe unbeirrt in Richtung der Geisel.

»Hallo, wer ist denn da?«, schallte es durch den Einsatzwagen.

»Hallo, Herr Wetzel, hier spricht Kommandant Kegler. Wir möchten gern mit Ihnen verhandeln.«

»Ich lass mich doch nicht verarschen!«, erwiderte der Geiselnehmer daraufhin. Es klickte in der Leitung. Er hatte aufgelegt.

»Das gibt's doch nicht!«, schimpfte Kegler vor sich hin.

»Darf ich es mal versuchen?«, fragte Falck. »Schlimmer werden kann es doch nicht.«

»In Ordnung«, willigte Kegler ein.

Es dauerte eine Ewigkeit, bis Tim Wetzel dieses Mal den Anruf entgegennahm. »Was?«, brüllte er ins Telefon.

»Herr Wetzel, hier spricht Kommissar Falck«, antwortete der Kommissar. »Bitte legen Sie nicht auf! Wir möchten Ihnen helfen. Wir wissen, dass Sie im Vorteil uns gegenüber sind. Was können wir Ihnen anbieten, damit Sie Herrn Plaschke verschonen?«

Nach diesen Worten blieb es eine Weile still am anderen Ende der Leitung. Kommissar Falck hielt vor Anspannung den Atem an.

Endlich räusperte sich der Geiselnehmer und antwortete: »Ich möchte einen vollgetankten Wagen vor dem Hinterausgang und zehntausend Euro in kleinen Scheinen. Aber legen Sie mich nicht rein! Wenn der Wagen draußen steht, sind die Scharfschützen verschwunden. Verstanden? Sonst nehme ich den Plaschke mit in den Tod.«

Falck schaute kurz zum Leiter des Sondereinsatzkommandos. Als dieser nickte, antwortete er dem Kidnapper: »Einverstanden! Ein vollgetankter Wagen mit zehntausend Euro auf dem Rücksitz wird in einer halben Stunde vor dem Hinterausgang stehen, und die Scharfschützen werden bei Eintreffen des Fluchtfahrzeugs abgezogen. Ich verlasse mich auf Ihren Ehrenkodex, dass Sie nicht ohne Grund einen Mann erschießen werden.«

Als Falck aufgelegt hatte, sagte er: »Das verschafft uns jetzt etwas Zeit. Hatten Sie Erfolg mit der Vorbereitung des Ablenkungsmanövers, Herr Kegler?«

Der Kommandant antwortete: »Unsere Leute haben es tatsächlich geschafft, in der Kürze der Zeit alles vorzubereiten. Drücken Sie den Daumen, dass es klappt, Herr Kollege!« Kegler betätigte die Polizeifunktaste und sagte: »Kollegen! Die Show kann beginnen.«

Erwartungsvoll beobachtete Kommissar Falck den Bildschirm, nichts geschah. Stattdessen hörte er plötzlich ein Geräusch, das sich anhörte, als wäre im Nebenraum etwas umgefallen.

»Was ist das? Ist da jemand?«, hörte er die aufgeregte Frage von Tim Wetzel und sah den Verbrecher unkontrolliert mit seiner Pistole rumfuchteln. »Ich habe meine Pistole nicht zum Spaß! Wenn ihr denkt, ihr könnt euch heimlich anschleichen, habt ihr euch geirrt«, schrie der Geiselnehmer jetzt mit sich überschlagender Stimme.

»Da ist bestimmt nur etwas umgefallen«, hörte der Kommissar den Diener antworten. Falck war sichtlich beeindruckt, wie ruhig und souverän die Stimme des bedrohten Mannes klang. Außerdem imponierte ihm, dass Plaschke selbst in dieser schwierigen Situation sofort die passende Antwort parat hatte.

Auf einmal vernahm Falck ein leises Summen aus dem Nebenraum, danach klang es, als würde etwas gegen die Wand klatschen. Kommissar Falck sah seinen Kollegen vom Sondereinsatzkommando süffisant grinsen.

»Es funktioniert«, flüsterte Kegler und wirkte dabei wie ein kleiner Junge, der sich mitten in einem aufregenden Computerspiel befand.

Gespannt schauten beide nun zum Bildschirm mit der Geiselnahme.

Dort bot sich ihnen eine filmreife Szene:

Tim Wetzel drehte sich im Kreis wie ein gehetztes Tier, wobei er sein Opfer nicht aus den Augen ließ, und schrie: »Was soll die Scheiße?« Da tauchte ein kleiner Gegenstand im Türrahmen auf. Der Kidnapper wich ein paar Schritte zurück und feuerte mehrere Schüsse auf das Teil ab, welches mit einem Scheppern zu Boden ging.

In dem Moment brachen Einsatzleute in voller Montur durch die Fensterscheiben. Glas splitterte in alle Richtungen. Blitzschnell brachten die Männer das Opfer aus der Schusslinie, entwaffneten den Täter und führten ihn aus dem Gebäude.

Falck war sichtlich beeindruckt, dass seine Kollegen der Spezialeinheit inzwischen derart ausgereifte technische Möglichkeiten besaßen, dass sogar Drohnen eingesetzt werden konnten.

Erleichtert, dass die Sache schnell und glimpflich abgegangen war, verließ der Kommissar den Transporter. Er lief zum Auto, um dort auf seinen Kollegen zu warten. Plötzlich vernahm er ein Mordsgeschrei. Was war da los? Er schaute sich um und traute seinen Augen kaum.

Tim Wetzel hatte sich losgerissen und rannte nun in Richtung Hinterausgang der Villa. Dabei fluchte er wie ein Rohrspatz über den Hinterhalt der Polizei. Der Flüchtige machte aber die Rechnung ohne Polizist Steinmann.

Der erwartete ihn bereits am Hinterausgang. Er rief siegesgewiss: »Diesmal entkommst du mir nicht, du Mistkerl!« und stellte ihm geistesgegenwärtig ein Bein.

Wetzel schlug der Länge nach hin.

In dem Moment holte Kommissar Falck den Flüchtigen ebenfalls ein.

Auf ein Handzeichen seines Chefs hin ließ Polizist Steinmann die Handschellen um die Gelenke von Tim

Wetzel klicken. Den Polizeibeamten traf ein ungläubiger Blick, der wie aus weiter Ferne zu sein schien, und langsam in ein Begreifen überging. Steinmann hievte den weiterhin vor sich hin fluchenden Verbrecher hoch und stellte ihn auf die Füße. Mit stolzgeschwellter Brust brachte er ihn zum Einsatzfahrzeug.

Kapitel 28

2024

Als Kommissar Falck den Besprechungsraum betrat, fand er die Kollegen mit den Köpfen zusammengerückt über mehreren Unterlagen vor, die auf dem Tisch lagen. Bei näherem Herantreten erkannte er, dass es sich bei den Unterlagen um die ausgedruckten Chatverläufe der untersuchten Handys von Hans Hase und Tim Wetzel handelte.

Falck zog die Listen zu sich heran und studierte sie eingehend.

Anschließend schob er sie zurück und fragte in die Runde;

»Und, Kollegen, was sagen Sie?«

»Ich meine«, meldete sich Matthias Steinmann zu Wort, »dass daraus eindeutig hervorgeht, dass Tim Wetzel die Ermordete im Wochenendhaus an der Havel festhielt und ihr eine schmerzhafte und erniedrigende Behandlung zuteilwerden ließ. Hans Hase diente demzufolge als Helfer und wachsames Auge außerhalb des Bungalows. Scheinbar brachte die Behandlung der Frau für den Täter nicht den gewünschten Erfolg, sodass er sie mehrere Tage an den Stuhl gefesselt, sich selbst überließ. In der letzten Nachricht, die Herr Hase verschickt hat, schreibt er, dass ihm die Frau leidtun würde und er sie deshalb nach Hause in ihre Villa bringen wollte.

Da kam sie jedoch nie an. Stattdessen fand man am nächsten Tag im Wald ihre Leiche. Ich denke, dass die Frau irgendetwas gesagt haben muss, das den Mann dermaßen in Rage brachte, dass er sie ermordet und ihr post mortem die Zunge entfernt hat.«

»So sehe ich das auch, Steinmann«, bestätigte der Kommissar die Schlussfolgerungen seines Kollegen. Nachdenklich fuhr er fort: »Ich vermute, dass der Wetzel ihm danach auf die Schliche gekommen ist und ihn irgendwann zur Rede gestellt hat. Später hat er wahrscheinlich den Menschenauflauf während der Beisetzung der Ermordeten genutzt, um Hans Hase aus dem Weg zu räumen.

Dann wollen wir mal sehen, was Herr Wetzel zu dem Ganzen zu sagen hat. Er müsste inzwischen im Vernehmungsraum sein. Ich werde das Verhör durchführen. Steinmann, Sie kommen mit rein, und Sie drei verfolgen die Vernehmung bitte hinter der Glaswand.«

Als die beiden Herren den Vernehmungsraum betraten, tat ihnen der des Mordes Beschuldigte fast leid. Vor ihnen saß ein gebrochener Mann, der Zeit seines Lebens manipuliert worden war und ein Teufelsweib geliebt hatte. Die Schimpftiraden des Verdächtigen waren versiegt. Seine Augen schimmerten wässrig, sein Gesicht wirkte aschfahl, und seine Mundwinkel zuckten verräterisch.

Mit den Worten »Jetzt ist Hans Hase nicht im Gefängnis, sondern jetzt ist er tot. Wussten Sie, dass er Ida

Wöller ermordet hatte, und haben Sie die Sache deshalb selbst in die Hand genommen?« legte Kommissar Falck die Fotos des Getöteten und den Ausdruck der Chatverläufe beider untersuchter Handys auf den Tisch im Vernehmungsraum.

Der Beschuldigte ließ seinen Blick kurz über den Tisch schweifen, daraufhin blickte er betreten zu Boden und nickte nur.

»Herr Wetzel, ich nehme das Gespräch auf. Also, fürs Protokoll, beantworten Sie bitte laut und deutlich die Frage: Haben Sie Hans Hase ermordet?«, hakte Falck nach.

»Ja! Ich habe ihn erstochen. Ich war wütend, weil er unseren Plan falsch verstanden hatte. Ich wollte doch nie, dass Ida stirbt. Sie sollte erkennen, wie sehr ich sie liebe und gleichzeitig hasse und dass wir uns gegenseitig brauchen. Ich hätte sie bestimmt noch überzeugt, und am Ende hätten wir zusammen ein schönes Leben führen können. Die Chance hat mir der Typ verdorben. Er ist zu weit gegangen«, gestand Tim Wetzel mit durch Tränen erstickter Stimme.

»Hans glaubte sogar mit voller Überzeugung, mir einen Gefallen getan zu haben«, fügte er noch trotzig dazu.

»Woher wissen Sie, dass er das dachte? Haben Sie noch mit ihm gesprochen?«, fragte Falck nach.

»Das habe ich. Nachdem der Idiot sich bei Ihnen im Kommissariat die Fingerabdrücke untersuchen ließ, am Abend kurz vor der Beisetzung, habe ich ihn abgepasst, um mit ihm zu reden. Da dachte ich noch mit keiner

Silbe daran, dass er der Mörder von Ida sein könnte. Er hat mir alles gestanden und trat dabei so selbstsicher auf, dass es wehtat. Er war vollkommen davon überzeugt, das Richtige getan zu haben, einfach abscheulich«, erzählte Tim Wetzel nun und klang dabei sehr verletzt und wütend. Auf einmal kramte er in seiner Hosentasche und führte ein zerknittertes Schriftstück zutage. »Den hatte ich fast vergessen«, teilte er dem Beamten mit. »Ich habe den Mörder ein Geständnis verfassen lassen, weil ich ihn eigentlich an Sie ausliefern wollte. Auf sein Flehen hin habe ich ihm erlaubt, das Schreiben an seine Frau zu verfassen, damit er sich ihr gegenüber erklären konnte.« Wetzel legte den Brief auf den Tisch und sah die beiden Beamten traurig an.

»Das war doch eigentlich ein guter Plan«, stellte der Kommissar fest. »Warum haben Sie es sich letztlich doch anders überlegt und den Mann getötet?«

»Als ich am nächsten Tag die Trauerfeierlichkeiten beobachtete, wurde mir schmerzlich bewusst, was dieser Kerl mir genommen hatte. Ich passte das Ende ab und lockte ihn hinter den Friedhof. Da kam es einfach über mich, und ich stach auf ihn ein. Ich war wütend, einfach nur fassungslos und fühlte mich unendlich leer.«

Nach diesen Worten sackte Tim Wetzel vollkommen in sich zusammen. Er hing schlaff in seinem Stuhl.

Kurz darauf begann er, sich hin und her zu wiegen. Im selben Moment verschleierte sich sein Blick, und er wiederholte ununterbrochen mit monotoner Stimme die Worte: »Er hat sie mir genommen!«

Kommissar Falck flüsterte seinem Kollegen zu, dass hier offensichtlich eine Einweisung in eine Klinik vonnöten wäre.

Daraufhin verließ Steinmann leise den Vernehmungsraum und leitete alles für eine Aufnahme von Tim Wetzel in der psychiatrischen Abteilung des Maßregelvollzuges in die Wege.

Kurze Zeit später wurde der Mann, der noch immer in Dauerschleife denselben Satz wiederholte und sich hin und her wiegte, von zwei Mitarbeitern der Psychiatrie abgeholt.

Kommissar Falck und sein Kollege Steinmann blieben erschüttert zurück. Sie versammelten sich erneut mit den drei anderen im Besprechungsraum.

So hatten sie sich das Ende des Falles nicht vorgestellt.

»Ist es nicht ein Wahnsinn, dass eine einzige Person so viel Gift versprühen kann?«, brach Falck schließlich das betretene Schweigen. »Sie hat unendlich viel Leid über ihre Mitmenschen gebracht und sie lediglich als Werkzeuge für ihre Machenschaften benutzt. Letztendlich hat sie in meinen Augen bekommen, was sie verdient hat. Aber wie viele Menschen sind für diese Frau durch die Hölle gegangen? Es ist unvorstellbar, dass ein einzelner Mensch eine solche Macht besitzen kann.«

»Das stimmt, Herr Kommissar. Ich hoffe sehr, dass der Ackerfeld jetzt wenigstens die Kurve kriegt und wieder ein normales Leben führen kann«, antwortete Steinmann.

»So sehe ich das auch«, stimmte der Kommissar zu.

»Das psychiatrische Gutachten für Christian Ackerfeld ist übrigens heute Morgen eingetroffen. Ich konnte vor der Vernehmung noch kurz einen Blick darauf werfen. Es bestätigt Christian Ackerfelds langjährige Amnesie.«

Plötzlich trat ein Leuchten in Falcks Augen, und er rief erfreut aus: »Wissen Sie, was das heißt, Kollegen? Der Fall ist gelöst. Ich danke Ihnen allen für die gute Zusammenarbeit und freue mich, dass es für uns alle nun ein richtiges Wochenende geben wird. Genießen Sie den Feierabend!«

Für Kommissar Falck und seinen Kollegen Steinmann gab es bis zum Feierabend noch einiges zu tun. Zuerst musste Christian Ackerfeld aus der Haft entlassen werden. Das duldete nun keinen Aufschub mehr.

Kapitel 29

2024

Christian Ackerfeld lief wie ein Tiger im Käfig in seiner Gefängniszelle hin und her.

In der Nacht hatte er kein Auge zu tun können. Die Gedanken kreisten unaufhörlich in seinem Kopf und ließen sich selbst jetzt nicht stoppen. Er glaubte, dass der Kommissar sich nicht sicher wäre, was seine Schuld betraf. Das hatte Christian gespürt. Er hoffte auf ein Wunder und blickte immer wieder erwartungsvoll zur Tür.

Nach Stunden des Wartens kam endlich Bewegung in den Flur. Schritte näherten sich. Der Polizist Matthias Steinmann tauchte im Türrahmen auf.

Christians Flehen musste erhört worden sein. Er erfuhr, dass der Haftbefehl gegen ihn aufgehoben wurde.

Zur Krönung bekam er sogar seine alte Brieftasche mit all seinen Papieren zurück. Die Ausweise besaßen zwar keine Gültigkeit mehr, trotzdem empfand er eine ungeheure Erleichterung, dass er sie nun jedem zeigen und seine Identität bestätigen konnte.

Wie von einer zentnergroßen Last befreit, verließ Christian Ackerfeld eine halbe Stunde später das Polizeigebäude.

Draußen wurde er von Bruder Zacharias erwartet, der netterweise rechtzeitig von Steinmann über die Entlassung seines Schützlings informiert wurde.

Christian konnte sein Glück gar nicht fassen. Er durfte sich frei bewegen, wurde nicht mehr verdächtigt und hatte zum ersten Mal in seinem Leben einen Freund, auf den er sich absolut verlassen konnte. Er empfand eine tiefe Dankbarkeit.

Im Kloster angekommen, schob er daher seine Müdigkeit noch ein wenig nach hinten und setzte sich mit Bruder Zacharias zusammen.

Sie aßen gemeinsam zu Abend und redeten danach bis tief in die Nacht hinein.

»Wie soll es jetzt weiter gehen?«, fragte Bruder Zacharias. »Bleibst du im Kloster oder suchst du dir eine eigene Wohnung? Dich zieht es doch bestimmt in die Nähe von Sophie, hab ich recht? Jetzt, wo deine Papiere wieder aufgetaucht sind, könntest du dir doch ohne Schwierigkeiten neue machen lassen und wieder in deinem Beruf arbeiten. Und wenn du mal tief in dich hineinhorchst, bemerkst du vielleicht, dass das Klosterleben dir zwar angenehm erscheinen mag, auf die Dauer aber nichts für dich ist, stimmts?«

»Du hast recht, Zacharias. Das Leben hier bei euch ist sehr angenehm. Aber ich war immer nur Gast und gehörte nie richtig hierher, auch wenn ich mich in der Bibliothek nützlich machen konnte. Außerdem will ich für Sophie da sein. Sie wird mir zwar niemals wieder ihr Herz schenken, dafür ist zu viel geschehen. Ich möchte ihr aber ein guter Freund sein und ihr zeigen, dass sie mir wichtig ist.«

»Dann solltest du morgen Nägel mit Köpfen machen und das Vorhaben nicht auf die lange Bank schieben. Also: zeitig aufstehen, zum Bürgeramt nach Falkensee, danach Wohnungs- und Jobsuche. Ich helfe dir natürlich, wo ich nur kann.«

»Gut, so machen wir das. Nun muss ich aber langsam ins Bett. Im Gefängnis habe ich nämlich kein Auge zu tun können.«

Nach diesem zukunftsweisenden Gespräch fiel Christian in einen tiefen und erholsamen Schlaf.

Am Nachmittag des nächsten Tages nahm Christian all seinen Mut zusammen und rief bei Sophie an. Diesmal lag das Glück auf seiner Seite, und er musste nicht auf die Mailbox sprechen.

Seine einstige Geliebte war gerade auf dem Weg zur Bushaltestelle, als ihr Handy klingelte. Mit bangem Herzen nahm sie das Gespräch an. Sofort sprudelten die Worte ihres ehemaligen Freundes durchs Telefon: »Sophie, es ist vorbei. Die Polizei hat den Fall gelöst. Ich bin vollkommen entlastet.«

Ein warmes Gefühl durchströmte sie. Sie fühlte sich unendlich erleichtert, als wäre eine tonnenschwere Last von ihren Schultern gefallen. Ihr Christian lebte, und er war kein Mörder. In der Tiefe ihres Herzens wusste sie das immer. Die Ungewissheit hatte trotzdem an ihr genagt und sich immer wieder in den Vordergrund gedrängt. »Das ist schön«, sagte sie durchs Telefon. Trotz ihrer aufwallenden Gefühle hielt sie sich bedeckt. »Ich freue mich sehr für dich. Nun kannst du endlich ohne Angst leben.« Nach einer Pause, in der Christian vor Anspannung die Luft anhielt, fuhr sie fort: »Jetzt muss ich aber erst mal los. Ich muss nachher zum Nachtdienst ins Krankenhaus, und ich hab noch nichts eingekauft.«

Christian versuchte, sich seine Enttäuschung über die verhaltene Reaktion nicht anmerken zu lassen. »Wollen wir morgen zusammen essen gehen?«, fragte er. »Ich lade dich ein. Sag nur wann und wo, und ich bin da!«

Wow, das war eine Premiere. Noch nie hatte Christian sie zum Essen eingeladen. Wie sehr wünschte sie sich das damals, als sie noch ein glückliches, verliebtes Paar waren. Jetzt doch von Freude überwältigt, sagte Sophie zu.

Sie verabredeten sich für den kommenden Nachmittag um sechzehn Uhr beim Griechen um die Ecke.

Als Sophie das Handy in ihre Tasche steckte, sah sie, dass Walerie auf dem Klinikparkplatz stand und gespannt in ihre Richtung blickte. Diese Frau besaß offensichtlich einen siebenten Sinn für die besonderen Momente im Leben ihrer Freundin.

Sophie rannte los und landete in ihren geöffneten Armen. »Stell dir vor! Christian hat sich gemeldet. Er ist frei und muss sich nicht mehr wegen Mordes verantworten. Und außerdem hat er mich morgen zum Essen eingeladen, hier in Berlin.«

»Das ist wunderbar«, antwortete Walerie. »Das freut mich riesig für euch beide. Endlich sind alle Unsicherheiten aus der Welt geschafft, und ihr könnt ohne Belastungen und Ängste euer Leben genießen. Aber eins versprichst du mir, Süße, ja? Du gehst nur mit ihm essen, damit du seine Geschichte hören kannst. Aber ihr fangt nicht wieder was miteinander an, oder?«

»Nein, versprochen. Dafür ist viel zu viel geschehen. Ich kann mich nicht mehr zu hundert Prozent auf diesen Mann einlassen. Aber freundschaftlich verbunden können wir doch bleiben. Das wäre schön.«

»Okay! Genehmigt!«, sagte Walerie und zwinkerte ihrer Freundin verschwörerisch zu.

Sie hakten sich beide unter und beschlossen, allem Zeitmangel zum Trotz, jetzt gemeinsam einen Latte Macchiato trinken zu gehen.

Kapitel 30

2024

Kommissar Falck plumpste eine zentnerschwere Last von den Schultern, als ihm bewusst wurde, dass sie den Vermisstenfall, der zwanzig Jahre zurücklag, endlich gelöst hatten. Gleichzeitig konnten sie die beiden Morde im aktuellen Fall aufklären und die verworrenen Zusammenhänge entschlüsseln.

Falck empfand auf einmal eine unglaubliche Leichtigkeit. Entgegen seiner sonstigen Ruhelosigkeit ließ er sich beim Sortieren der Unterlagen und Beweisstücke des abgeschlossenen Falles richtig Zeit und schrieb sogar den sonst verhassten Abschlussbericht, ohne dabei auch nur ein einziges Mal zu fluchen.

Seine Oma wäre stolz auf ihn gewesen.

Kurz vor Feierabend machte er sich auf den Weg zu Marie Hase. Es war ihm ein Bedürfnis, ihr mit dem Überbringen des Briefes, der Hans' Geständnis enthielt, eine Möglichkeit zu geben, mit der Sache abzuschließen.

Heute empfing Marie den Kriminalbeamten in besserer Verfassung als beim letzten Mal.

»Herr Kommissar, was für eine Überraschung. Das ist schön, dass Sie nach mir sehen«, begrüßte sie ihn freundlich und bot ihm eine Tasse Kaffee an.

Sie setzten sich an den großen Küchentisch. Dort übergab der Kommissar das inzwischen geglättete Schriftstück an die rechtmäßige Besitzerin.

Mit gefasster Miene und nur ab und zu innehaltend, um sich ein paar verstohlene Tränen aus den Augen zu wischen, las Marie den aufschlussreichen Brief.

Nachdem sie geendet hatte, faltete Marie die Blätter ordentlich zusammen, atmete einmal tief durch und trank ihren Kaffee aus. Danach erhob sie sich schweigend von ihrem Platz und geleitete Falck zur Wohnungstür.

Mit den Worten »Ich danke Ihnen, Herr Kommissar« verabschiedete sie den Mann. Sie lauschte seinen Schritten auf der Treppe und begab sich zurück in die Küche. Sie nahm den Brief und verschloss ihn in der geheimen Schublade ihres verstorbenen Ehemannes im Sekretär.

Kapitel 31

2024

Am Samstagnachmittag stand Kommissar Falck vor seinem Kleiderschrank und überlegte, was er anziehen könnte. Seine braunen Haare dufteten nach Shampoo und fielen locker auf die Schultern. Was passte besser zu seiner Frisur und dem obligatorischen Hut? Sollte er sich ein wenig festlich kleiden oder lieber leger in Jeans und T-Shirt?

Eigenartig, dachte er, ich bin schon seit Tagen total nervös, wenn ich an das Treffen mit Frau Doktor Theodora denke.

In seinem Bauch kribbelte es, als hätte er heute ein richtiges Date, und nicht nur eine Einstandsfeier. Was war nur los mit ihm? Schließlich galt die Verabredung mit der Forensikerin nicht ihm allein, sondern auch Steinmann. Und bestimmt hatte die neue Kollegin außer ihm noch weitere Mitarbeiter eingeladen.

Langsam wurde es Zeit. Wenn er auf dem Weg nach Potsdam in der Gärtnerei noch einen Strauß Blumen erstehen wollte, musste er langsam starten.

Also entschied er sich für eine Kompromisslösung: Jeans und beigefarbenes Hemd. Den oberen Hemdknopf ließ er offen. Darüber kam das hüftlange Jackett, das er fast immer trug. Darin fühlte er sich wohl und hatte in den Jackentaschen alles dabei, falls unverhoffter Weise ein neuer Fall auf den Tisch kam, während er sich eine kurze Erholungsphase gönnte. Seine schwarzen Slipper passten perfekt zum übrigen Outfit.

Falck trat kurz vor den großen Spiegel in seinem Schlafzimmer. Ein prüfender Blick. So konnte es gehen.

Pünktlich zur verabredeten Zeit stand er vor der Tür zum Gartenlokal. Der Biergarten machte einen gemütlichen Eindruck, bewirtete jedoch für seinen Geschmack zu viele Gäste.

Am hinteren Tisch in Richtung Gebäude entdeckte er sie, umringt von einer Gruppe Kolleginnen und Kollegen.

»Je später der Abend, desto interessanter die Gäste«, empfing ihn Frau Dr. Theodora mit einem strahlenden Lächeln. Die abendlich kühle Luft erwärmte sich schlagartig um mehrere Grad.

Der Kommissar eilte der neuen Kollegin mit leuchtenden Augen entgegen. »Herzlich willkommen in unserem Kollegium«, sagte er und überreichte ihr einen Strauß gelber Teerosen.

Mit einem warmen Lächeln, das ihren sinnlichen Mund umspielte, flötete Frau Doktor Theodora: »Mögen Sie ein Bier zum Anstoßen, Herr Kommissar?«

Falck nickte und freute sich, dass seine Blumengeste so gut ankam. Da er offenbar als letzter Gast die Runde komplettierte, gab die Gastgeberin nun ihre Bestellung für eine Lage Bier auf. Bis die Getränke serviert wurden, unterhielten sie sich über den gerade gelösten Fall.

»Sie haben den Doppelmord äußerst schnell aufgeklärt und den Vermisstenfall aus dem Jahr 2004 gleich mit. Ich bin beeindruckt und fühle mich geehrt, für Ihre Abteilung arbeiten zu dürfen«, schwärmte Frau Dr. Theodora.

Kommissar Falck gab das Kompliment zurück: »Ohne Ihre präzise Untersuchung der Spuren wäre das nicht möglich gewesen ... Ah, da kommt das Bier. Lassen Sie uns anstoßen! Hat jeder ein Glas? Prost, Kollegen, das war tolle Arbeit!«

Frau Doktor Theodora ergriff noch einmal das Wort: »Auf dem Tisch steht eine kleine Auswahl an Fingerfood. Ich hoffe, Sie mögen das alle und langen tüchtig zu!«

Das ließen sich vor allem die Herren nicht zweimal sagen und probierten reichlich. Nach dem zweiten Bier verabschiedete sich einer nach dem anderen, bis schließlich nur noch Frau Dr. Theodora und Kommissar Falck am Tisch saßen.

Der gestandene Kriminalbeamte wurde auf einmal wortkarg, verschlang die attraktive Frau jedoch mit seinen Blicken.

Er rückte immer näher an sie heran, bis er sie hautnah spüren konnte. »Wollen wir nicht das lästige Sie weglassen?«, schlug er ihr vor. »Ich heiße Curd.«

»Ich heiße Hannah«, hauchte sie ihm ins Ohr.

»Aber vor dem Kollegium bleibt es bei Frau Doktor und Herr Kommissar, in Ordnung?«, stellte Falck unmissverständlich klar.

Hannah nickte.

Nun fasste Falck sich ein Herz und drückte ihr einen flüchtigen Kuss auf den Mund. Was für ein schönes Gefühl, als sich ihre Lippen den seinen öffneten und den Kuss erwiderten.

Was geschah hier gerade mit ihm? Begann er etwa, Privates und Berufliches zu vermischen?

Über die Autorin

Norma K. Koenig lebt und schreibt in Schönwalde im Havelland, dort, wo weite Felder, stille Wälder und ein großer Himmel den perfekten Raum für Geschichten schaffen. In dieser idyllischen Umgebung widmet sie sich ihrer größten Leidenschaft: dem Schreiben.

Mit feinem Gespür für Spannung, Atmosphäre und Emotionen verfasst sie fesselnde Kriminalromane und berührende Kurzgeschichten. Ihre Geschichten entstehen oft zwischen Vogelstimmen und Windrauschen, und nicht selten bei ausgedehnten Spaziergängen mit ihrem Hund, wenn ihr neue Ideen regelrecht zufliegen.

Die Nähe zur pulsierenden Metropole Berlin inspiriert sie ebenso wie die Ruhe des Landlebens. Dieser spannende Kontrast spiegelt sich auch in ihren Werken wider: dynamisch und tiefgründig, urban und naturverbunden zugleich.

Norma K. Koenig ist regelmäßig bei Lesungen in Berlin und deutschlandweit zu erleben. Darüber hinaus begeistert sie ihr Publikum bei Podcastaufnahmen und Messeauftritten mit ihrer authentischen, lebendigen Art und ihrer großen Liebe zur Literatur.

Wo immer sie auftritt, nimmt sie ihr Publikum mit in andere Welten, spannend, warmherzig und immer mit einem besonderen Blick für die kleinen und großen Geheimnisse des Lebens.

Danke

Ein besonderer Dank geht an Claudia Westhagen für ihr Vertrauen in mich. Ohne sie wäre der vorliegende Roman nicht möglich gewesen.

Ich danke herzlich meinem Lektor, Thomas Baier, der mir viele Impulse gegeben hat, um meine Romanfiguren zum Leben zu erwecken.

Ein großer Dank gilt allen Mitarbeiterinnen und Mitarbeitern des myshow Verlages. Ich empfinde tiefe Dankbarkeit für ihren unermüdlichen Einsatz bis hin zur Veröffentlichung dieses Romans.

Ein inniger Dank gilt meinem Mann, der immer an mich glaubt, sich meine Ideen geduldig anhört und mir den nötigen Raum gibt, damit ich ohne schlechtes Gewissen in die Welt meiner Romanfiguren abtauchen kann.

Ein lieber Dank geht an meinen Sohn für so manch eine Idee, die in meine Geschichte Einzug gehalten hat.

Ich danke meinen Unterstützern auf Instagram für Ihren freundlichen Support.

Und natürlich danke ich Ihnen, liebe Leserinnen und Leser, die Sie sich auf meinen Roman einlassen.

Ich freue mich auf weitere Bände dieser Romanreihe, denn dieses war der erste Streich.

Herzlichst,
Ihre Norma K. Koenig

Schweigen schreit – Clara Leuras ermittelt

von Claudia Westhagen

Ihre Sprache ist das Unausgesprochene.
Ihr Gebiet: die Bruchstellen der Erinnerung.

Am Starnberger See scheint der Sommer friedlich. Dann wird eine Frau tot an Land gespült. Clara Leuras, Traumatherapeutin und Feldenkrais Lehrerin, kümmert sich um die Tochter der Ermordeten. Widerwillig lässt sie sich in die Ermittlungen einbinden. Bald bleibt es nicht bei einem Opfer.

Während sie den Hinweisen folgt, stößt sie auf eine verdrängte Vergangenheit. Mit jeder neuen Erkenntnis wächst die Gefahr, für sie selbst und für die Menschen, die ihr nahestehen. Um den Täter zu stellen, muss sie sich nicht nur seinem Abgrund nähern, sondern auch dem dunklen Fleck ihrer eigenen Geschichte.

Kann Schweigen töten?

ISBN: 978-3-946505-44-0

... auch als E-Book

myshow Verlag, Fraunhoferstraße 5, 82152 Planegg
legal@my-show.org
Vorstehende Angaben sind zugleich Pflichtinformation
nach GPSR Copyright

Umschlagdesign: Isabell Bayer, Bildmaterial: Adobe Stock und iStock
Korrektorat: Désirée Wörner, www. lektorat-wortspirit.de
Satz und Layout: publish4you, Roßleben-Wiehe
Printed in EU, Recyclingpapier
Druckerei und Bindung: WIRmachenDruck GmbH, Mühlackerstr. 7, 71522 Backnang
ISBN: 978-3-946505-38-9

www.my-show.org